BASTEI LÜBBE

Aus der Taschenbuchreihe JOHN SINCLAIR von Jason Dark sind nachstehende Romane erhältlich. Fragen Sie im Buch- oder Zeitschriftenhandel nach diesen Titeln:

---

73 051 Totenkopf-TV
73 052 Tödlicher Vatertag
73 053 Das Duell der Hexen
73 054 Aibon – Land der Druiden
73 055 Drei Gräber bis Atlantis
73 056 Arkonadas Totenbuch
73 057 Das andere Ufer der Nacht
73 058 Mirandas Monsterwelt
73 059 Horror-Horoskop
73 060 Geister-Dämmerung
73 061 Ihr Freund, der Ghoul
73 062 Das Erbe der Templer
73 063 Terror der Tongs
73 064 Zombie-Ballade
73 065 Die Vampir-Polizei
73 066 Harrys Höllen-Cocktail
73 067 Der Jet-set-Dämon
73 068 Broadway-Grusical
73 069 Carinas Todesparties
73 070 Der Friedhofswächter
73 071 Das U-Boot-Phantom
73 072 Deadwood – Stadt der Särge
73 073 Mörderische Weihnachten
73 074 Tödliche Märchen
73 075 Verliebt, verlobt und eingesargt
73 076 Geisterstunde in Los Angeles
73 077 Der Doge, sein Henker und ich
73 078 Knochen-Poker
73 079 Wenn Werwolf-Pranken streicheln
73 080 Todesküsse
73 081 Die Mordaugen von Brüssel
73 082 Grauen im Pentagon
73 083 Das Blut der Medusa
73 084 Ein Hauch von Moder
73 085 Lady Ghoul
73 086 Der Zauberer von Stonehenge
73 087 Horror-Helikopter
73 088 Mein Flirt mit der Blutfrau
73 089 Das Voodoo-Syndikat
73 090 Der Angstmacher
73 091 Der rollende Galgen
73 092 Blutmond der Templer
73 093 Dekan Diavolo
73 094 Die Psychonauten
73 095 Kuscheltier-Grauen
73 096 Das Grab der Königin
73 097 Das Horror-Restaurant
73 098 Tödlicher Puppenzauber
73 099 Hüte dich vor Dracula
73 100 Luzifer
73 101 Die Schwert-Legende
73 102 Killer-Camping
73 103 Die Brut hinter der Mauer
73 104 Geheimauftrag Phantom
73 105 Zaduks Schädel
73 106 Babylon in Hongkong
73 107 Kassandras Fluch
73 108 Die Toten vom Klan
73 109 Teufels-Friedhof
73 110 Dracula II
73 111 Der Tod aus dem Norden
73 112 Das 5-Minuten-Grauen
73 113 Geboren in Atlantis
73 114 Yakuza-Rache
73 115 Die Maske
73 116 Jericho
73 117 Das Bluthaus
73 118 Knochenmond
73 119 Siras Totenzauber
73 120 Der Zombie-Pharao
73 121 Ninja-Rache
73 122 Der Entertainer

Jason Dark

DIE BRAUT DES SPUKS

John Sinclair Roman

BASTEI LÜBBE

BASTEI-LÜBBE-TASCHENBUCH
John Sinclair
Band 73 123

Erste Auflage: Juli 1991

Titelillustration: S. Crisp
Umschlaggestaltung: Quadro Grafik, Bensberg
Satz: Fotosatz Steckstor, Bensberg
Druck und Verarbeitung:
Clausen & Bosse, Leck
Printed in Germany
ISBN 3-404-73123-9

Der Preis dieses Bandes versteht sich einschließlich
der gesetzlichen Mehrwertsteuer.

Ich hatte ein ungutes Gefühl!

Woran es genau lag, konnte ich auch nicht sagen, denn eine Gefahr drohte mir nicht. Zwar hatte die Dunkelheit den Tag bereits vertrieben, es war trotzdem nicht sehr spät, und manche Menschen hockten noch in ihren Büros und arbeiteten.

Auch die Gegend war nichts Besonderes. Wohn- und Geschäftshäuser, ein kleiner Park, dahinter ragte der Turm einer Kirche in die Höhe. Genau dort wollte ich hin.

Nicht in den Turm, sondern in die Kirche. An einen anderen Ort hatte sich der Mann, der mich sprechen wollte, nicht hingetraut. Ich wußte nur, daß er Scott Wilson hieß und einen Pfarrer als einzigen Menschen eingeweiht hatte.

Der Pfarrer hatte das Treffen zwischen Wilson und mir vermittelt.

Den Rover hatte ich etwas entfernt abgestellt, weil es dort eine Lücke in der langen Autoschlange gab. Zu Fuß war ich den Rest der Strecke gegangen und mußte einen kleinen Park umrunden. Über London lag eine klare und sehr kalte Nacht. Ein Hochdruckgebiet mit Kern im Osten hatte diese Kälte nach Westeuropa gebracht, und die würde sich nicht so schnell vertreiben lassen. Auch tagsüber blieben die Temperaturen unter dem Gefrierpunkt.

Ich schritt durch den Park. Es gibt Leute, die bei Anbruch der Dunkelheit diese Orte vermeiden. Oft genug lauerten hier irgendwelche Typen, die auf einen schnellen Überfall aus waren. Auch ich spannte mich innerlich. Den Kragen der Jacke hatte ich hochgestellt.

Starr umstanden mich die Bäume. An den Zweigen hing kaum ein Blatt. Auf ihrer Rinde schimmerte das Eis. Jemand lachte. Ich blieb stehen, denn ich sah zwei

Frauen, die dick eingemummt aus einem Seitenweg kamen und Flaschen in den Händen hielten.

Sie sahen aus wie Gespenster, als sie betrunken auf mich zuwankten und mich ansprachen.

Ich ging einfach weiter. Diese Worte gehörten nicht zu meinem Repertoire.

»Ashole!« schrien sie mir noch nach, bevor sie schimpfend weitergingen.

Die Kirche war angestrahlt. Mehrere Scheinwerfer schickten ihr Licht gegen die breite Vorderfront, zu der eine ebenfalls breite Treppe hochführte.

Ein prächtiges Bauwerk der Gotik mit langen Rundbogenfenstern, auf denen das Eis klebte. Die mächtig wirkende Eingangstür war geschlossen. Über ihr erhob sich das Bauwerk in all seiner Mächtigkeit, und ich blieb für einige Sekunden stehen, um diesen Anblick aufzunehmen.

Im Gegensatz zu ihr kam ich mir klein vor. Wer sie anschaute, der konnte erkennen, wie machtvoll der Glaube doch war. Ein Fels in der Weltenbrandung, und auch mich überkam Ehrfurcht.

Sehr langsam stieg ich die Stufen hoch, die mit Sand bestreut waren, damit niemand ausrutschte, denn an den Rändern schimmerten kleine Eisflächen.

Ich war die einsame Gestalt in der Nacht. Wirkte wie der verlorene Sohn, der den Weg endlich gefunden hatte. Eigentlich hätte ich mich freuen müssen, in den Schutz der Kirche treten zu können, aber dieses verflixte Gefühl wollte nicht weichen.

Es war da, es hing in meinem Magen, es drückte, es schnitt mir durch den Körper und schürte die Unruhe. Der Pfarrer hatte sehr drängend gesprochen, auch die Worte Besessenheit und Exorzismus erwähnt, mehr aber nicht. Auf Nachfragen hatte er nur geschwiegen und schließlich gemeint, daß ich mir den Mann doch einmal selbst anschauen sollte.

Der Pfarrer wollte mich an der Tür erwarten. Draußen stand er jedenfalls nicht. Ich drehte mich noch einmal um und schaute die breiten Stufen hinab.

Das inselhafte Gefühl überkam mich. Kalt und leer war die Gegend. Der Park stand schweigend wie ein altes Kunstwerk. Es wehte kaum Wind, nur dumpf drangen die abendlichen Verkehrsgeräusche an meine Ohren. Jenseits der Bäume rollten die Fahrzeuge vorbei. Die Lichter der Scheinwerfer waren nicht mehr als huschende Reflexe in einer tiefgrauen Finsternis.

Die Tür – schon mehr ein Portal – hatte eine mächtige Klinke. Auch auf dem Eisen hatte die Kälte ihre Spuren hinterlassen, denn dort schimmerte eine dünne Eisschicht.

Ich drückte sie nach unten, sie klemmte ein wenig, dann half mir jemand von innen, und ich hörte die Stimme des Mannes, bevor ich ihn selbst sah.

»Kommen Sie herein, Mr. Sinclair.«

Das mußte der Pfarrer sein. Demnach hatte er sein Versprechen gehalten und gewartet.

Ich räusperte mich und schob mich in den schmalen Windfang hinter der Tür, der in dämmriges Licht getaucht war. Der Pfarrer war schon älter. Er trug dunkle Kleidung, ein helles Hemd, eine Krawatte. Auf seinem Kopf wuchs weißes Haar, das er nach vorne gekämmt hatte. Die glitzernden Augen in dem runden Gesicht musterten mich prüfend.

Ich lächelte. »War ich pünktlich?«

»Spielt das eine Rolle?«

»Manchmal schon.«

Er holte Luft und schaute in das lange Kirchenschiff hinein, in dem nur die Notbeleuchtung brannte, ansonsten aber das Licht der Kerzen seinen geisterhaften Schein verströmte.

Es waren alle Fenster geschlossen, die Flammen brannten ruhig. Der große Altar lag im Dunkeln. Dies hier war eine der wenigen katholischen Kirchen im Großraum London, obwohl sie ökumenisch genutzt wurde, was ich wiederum gut fand.

Kleine Altäre standen an den Seiten. Vor mir fiel das runde Taufbecken auf. Das Weihwasser schimmerte wie dunkles Öl.

Ich ging ein paar Schritte zur Seite, wo auf einem großen Tablett zahlreiche weiße Kerzen standen, die Bittgänger angezündet hatten. Das Licht erreichte eine hinter den Kerzen aufragende Marienstatue, die ihren Kopf schiefgelegt und die Hände vor der Brust gekreuzt hatte. Auf dem weichen Gesicht lag ein mildes Lächeln.

Der Pfarrer folgte mir. Meine Schritte waren verstummt, seine hörte ich überlaut auf dem Steinboden. Als er stehenblieb, drehte ich meinen Kopf nach links.

Ich wollte etwas sagen, doch er kam mir zuvor. »Ich weiß, wer Sie sind, Mr. Sinclair, und womit Sie sich beschäftigen. Lassen Sie es sich gesagt sein, das Böse lauert überall.«

»Das weiß ich.«

Er kam noch näher heran. Seine Lippen schimmerten bläulich, als hätte er es mit dem Herzen. »Auch hier, Mr. Sinclair. Auch hier lauert das Böse.«

»Sie meinen in der Kirche?«

»Ja!«

Seine direkte Antwort hatte mich ein wenig erschreckt, da ich Kirchen bisher als einen Hort angesehen hatte, zu dem die Macht der Finsternis keinen Zutritt besaß. Ich schwieg für einen Moment und schaute dabei zu Boden.

»Überrascht, Mr. Sinclair?«

»Eigentlich schon. Sie haben allerdings etwas allgemein gesprochen. Wie meinten Sie das?«

»Es ist hineingetragen worden. Ich habe es genau gespürt, aber es kommt nicht frei. Dieser heilige Ort hält es zurück. Noch, Mr. Sinclair, aber ich befürchte Schlimmes.«

Seine Erklärungen waren mir zu allgemein, deshalb fragte ich: »Hat das Böse auch einen Namen?«

»Ja.«

»Scott Wilson?«

Er nickte.

Ich schaute mich um. Die Bänke standen leer vor mir. Geometrisch exakt geordnet, bildeten sie einen Platz für die Gläubigen, wo sie sich besinnen konnten oder in tiefe Gebete versanken. Es konnte Einbildung sein, mir fielen jedoch die Schatten auf, die sich über die Figuren und die Bilder des Kreuzwegs an den Wänden gelegt hatten. Manchmal kamen mir die Dinge vor, als wäre ihnen durch die Schatten ein finsteres Leben eingehaucht worden.

»Suchen Sie es, Mr. Sinclair?«

Ich verzog die Mundwinkel. »Eigentlich suche ich Scott Wilson, doch den finde ich nicht.«

»Er ist aber hier. Er wollte in einen Beichtstuhl gehen. Dort wartet er.«

Ich runzelte die Stirn. »Das Böse sitzt in einem Beichtstuhl, Hochwürden? Ist das nicht etwas ungewöhnlich?«

»In der Tat, aber er wollte es so. Ich habe über den Grund nachgedacht. Möglicherweise ist es für ihn eine seelische Geiselung. Wie gesagt, das ist meine Annahme, so genau weiß ich das nicht.« Der Pfarrer seufzte schwer.

»Ich bin gekommen, um es herauszufinden. Er wollte mit mir reden. Deshalb würde ich vorschlagen, daß Sie mich zu ihm bringen. Danach sehe ich weiter.«

»Selbstverständlich, Mr. Sinclair, kommen Sie.« Er ging vor, und ich folgte seinen schleppenden Schritten. Wir umrundeten die rechte Bankseite und hielten uns dicht an der Wand, wo ich mir die Bilder des Kreuzweges anschaute.

Die Farben waren dunkel und weiter nachgedunkelt, ein Beweis dafür, daß die Bilder bereits viele Jahre auf dem Buckel hatten. Heute malte man heller und freundlicher.

Auch der alte Beichtstuhl gehörte den längst vergangenen Zeiten an. Er stach von der helleren Wand ab wie ein mächtiger Klotz. Von beiden Seiten konnte man ihn betreten. Zuerst mußte ein Vorhang zur Seite gezogen werden.

»Wo ist er?«

Der Pfarrer deutete auf die Mitte. »Ich habe ihm meinen Platz zugewiesen.«

»Wollte er das?«

»Ja.«

»Und weiter?« Ich hatte bemerkt, daß der Geistliche noch etwas hinzufügen wollte.

»Ich bin seinem Wunsch nachgekommen und habe das Gitter mit den Sprechmembranen herausgetrennt. Sie knien ihm also direkt gegenüber und können ihn ohne störendes Hindernis anschauen.«

»Danke.«

»Soll ich warten?«

Ich lächelte. »Das liegt an Ihnen, Hochwürden. Mir ist das egal. Falls es Ihnen nicht zu kalt wird . . .«

»Ich bin diese Temperaturen gewohnt.« Er hielt mich fest und sprach mit eindringlicher Stimme weiter.

»Denken Sie daran, Mr. Sinclair, dieser Mann ist kein normaler Mensch, das weiß ich. Er verkörpert das Böse, er ist schlimm.«

»Woran haben Sie das eigentlich gemerkt?«

»An allem. An seiner Haltung, an seinem Benehmen, an seinen Worten, denn er schaffte es nicht, mir in die Augen zu schauen. Sein Blick irrlichterte, er war nervös. Es war nicht so, wie man es sich vorstellt, wenn jemand beichten will.«

»Das wollte er ja nicht.«

»Stimmt. Der Druck ist nur ungeheuer. Er hat schwere Probleme.«

»Danke.«

Der Pfarrer zog sich zurück. Er ging so weit, bis er die Bankreihe erreicht hatte, kniete sich dort nieder und flüsterte mir noch zu, daß er für uns beten wollte.

Das hörte sich an, als würde bald etwas passieren. Als wäre die dunkle Gewitterwolke schon nahe bei uns.

Ich war auf diesen Scott Wilson gespannt. Gehört hatte ich noch nie von ihm, aber das passierte mir öfter. Es riefen mich Menschen an, die mit mir reden wollten, weil sie ein Problem hatten, mit dem sie allein nicht zurechtkamen.

Es ging zudem immer um die Kräfte des Bösen, um die Schwarze Magie.

Ich schob den Vorhang zur Seite, sah die Bank unter mir, die zum Glück ein dunkles Polster zeigte.

»Da sind Sie ja, Mr. Sinclair.« Die Stimme erreichte mich als zittriges Flüstern.

Ich kniete mich hin. »Normalerweise bin ich ein Mensch, der Versprechen einhält, Mr. Wilson. Also – wo liegt Ihr Problem?«

»Das ist nicht so einfach.«

»Ich habe Zeit.«

»Erst muß ich wissen, ob mich der Pfarrer nicht reingelegt hat. Ob Sie es wirklich sind.«

»Soll ich Ihnen meinen Ausweis zeigen?«

»Darum bitte ich.«

Okay, wenn er es unbedingt wollte. Ich holte die Hülle hervor und bewegte mich dabei bewußt langsam, weil ich mein Gegenüber erkennen wollte. Es war nicht einfach, denn Licht drang so gut wie keines in den Beichtstuhl.

Nicht mehr als der Restschein einer abgedunkelten Lampe, das war schon alles.

Trotzdem sah ich das dunkle Haar und das Gesicht, dessen Haut ziemlich bleich wirkte. Sogar der flakkernde Blick seiner Augen fiel mir auf. Dieser Mensch hatte Probleme, und es bereitete ihm auch Mühe, normal zu atmen. Was da aus seinem Mund drang, war mehr ein Keuchen. Mit ihm würde ich Mühe haben.

Eine breite, blasse und zitternde Hand schob sich mir entgegen. Den Ausweis steckte ich hochkant zwischen seine Finger. Hastig zog er die Hand zurück.

»Können Sie bei dem Licht lesen?«

»Schlecht.«

»Warten Sie, ich leuchte.«

»Nicht, kein Licht!« Er sprach lauter, als hätte er vor der Helligkeit Angst. »Ich . . . ich schaffe es auch so, das können Sie mir glauben, Sinclair.«

»Okay, wie Sie wollen.«

Er brachte den Ausweis dicht vor seine Augen, schaute, nickte, gab ihn mir zurück.

»Zufrieden?«

»Sehr.«

»Dann können wir ja zur Sache kommen. Sie haben mich rufen lassen; ich bin hier. Was ist Ihr Problem?«

Meine letzte Fragen ließ ihn lachen. »Mein Problem,

Sinclair? Sagen Sie nicht so etwas. Das ist nicht allein mein Problem, das ich mit mir herumschleppe. Es ist das Problem zahlreicher Menschen, wenn Sie verstehen, Mr. Sinclair.«

»Nein.«

Er wandte mir das Gesicht zu. Viel mehr konnte ich trotzdem nicht erkennen. Seine breiten Lippen bewegten sich kaum, als er sprach. »Ich habe das Böse erlebt, Sinclair. Ich und andere Menschen. Wir alle sind davon infiziert worden. Etwas Furchtbares bahnt sich an.«

»Was?«

Er stöhnte auf, als er Luft holte. »Wenn ich das wüßte, Sinclair, wenn ich das wüßte.«

Fast hätte ich gelacht. »Jetzt machen Sie mal einen Punkt. Sie haben mich kommen lassen, um mir etwas zu erzählen, und ergehen sich in allgemeinen Betrachtungen. Das ist mir einfach zu wenig, Mr. Wilson. Verstehen Sie das?«

»Schon, nur kann ich Ihnen nicht viel dazu sagen. Es ist einfach so. Ich weiß es, ich kann es nicht erklären.« Bei jedem Wort stieß er die Spitze seines rechten Zeigefingers gegen die Brust. »Ich will Sie aber warnen.«

Ich wollte das Pferd von hinten aufzäumen und sagte: »Das Böse hat viele Gesichter. Ich kann Ihnen einige aufzählen. Ursächlich hängt alles mit dem Teufel zusammen.«

Bei dem Wort Teufel schrak er zusammen. Ich rechnete damit, auf dem richtigen Dampfer zu sein, dann schüttelte Wilson den Kopf. »Nein, das ist es nicht.«

»Nicht der Teufel?«

»Genau.«

»Was dann, Mr. Wilson?«

»Es sitzt viel tiefer, es ist älter, es ist einfach nicht faßbar . . .«

»Was ist älter als der Teufel? Ich habe mich mit ihm beschäftigen müssen und kenne eigentlich nichts, was vor dem Teufel war, also vor der großen Auseinandersetzung zwischen Gut und Böse, als es zum ersten Kampf kam. Da haben sich die Parteien getrennt. Beide sind geblieben. Luzifer auf der einen und Gott auf der anderen Seite, wenn ich das mal so pauschal sagen darf.«

»Ja, ja, ich weiß.«

»Aber?«

»Da ist noch etwas anderes, das mit unserem Glauben und unserer Trennung zwischen Gut und Böse nichts zu tun hat. Es ist ebenfalls uralt, und es ist dabei, sich bemerkbar zu machen. Ich habe es gespürt, ich und andere.«

»Wie spürten Sie es?«

»Es drang in mich ein. Es ergriff von mir Besitz. Es veränderte mich innerlich. Es hat mein Blut gefressen, Mr. Sinclair. Ich bin ein anderer geworden.«

»Das kann ich nicht bestätigen, da wir uns vorher nicht kannten. Wollen Sie mir keine Einzelheiten berichten. Ich kann nur dann eingreifen, wenn ich informiert bin.« Er wartete mit seiner Antwort. Es war still, nur sein heftiges Atmen hörte ich. »Sie haben recht, Mr. Sinclair. Ich . . . ich muß es Ihnen berichten, denn nur Sie sind der richtige Mann. Es geht um viel, um das Aufsteigen aus der Tiefe, um große Veränderungen. Das alles habe ich erfahren.«

»Die Veränderungen sind negativ?«

»Negativ?« Er öffnete den Mund, sagte aber nichts mehr. Trotzdem versuchte er zu sprechen und würgte die Worte aus der Kehle hervor. »Negativ ist kein Ausdruck. Sie . . . sie sind einfach grauenhaft, sie sind kaum zu beschreiben.«

»Wer, Mr. Wilson?«

Bevor er sprach, durchstieß sein Körper ein Rucken. Es sah so aus, als würde jemand an ihm zerren. Er bewegte den Mund wie ein Fisch sein Maul. Worte vernahm ich nicht mehr, dafür schlimme, würgende Geräusche.

Wilson selbst klammerte sich an einer Armlehne fest. Die Geräusche rissen nicht ab. Er ruckte nach vorn, der Mund blieb weiterhin offen. Das Würgen veränderte sich etwas, es ging über in ein tiefes Stöhnen. Ich wollte raus, um ihm zu helfen, da aber geschah es.

Bisher war sein Mund für mich nicht mehr als ein dunkles Loch gewesen. In der Tiefe dieser Öffnung brodelte es plötzlich. Da stieg etwas aus dem Körper hoch, was beileibe keine unverdaute Nahrung war, sondern eine tiefschwarze Färbung besaß.

Es sah aus wie Teer . . .

Und dann brach es aus dem Mund. Ein gewaltiger Strom einer dicken, schwarzen Flüssigkeit. Ein stinkender Sirup, einfach widerlich. Das Zeug wollte nicht aufhören, es klatschte vor ihn, und mir kam es vor, als würde der Mann seine veränderten Eingeweide auswürgen. Ein schlimmes, schauriges Bild, dem ich nicht länger zuschauen wollte. Blitzschnell verließ ich den Beichtstuhl.

Auch der Geistliche war aufgestanden. Er stand allerdings noch in der Bank und schaute mir verständnislos entgegen. Ich gab ihm keine Erklärung, sprintete zur Mitte des Beichtsstuhls und riß die Tür dort auf.

Scott Wilson war zusammengesunken. Der Kopf hing nach vorn und sah aus, als könnte er jeden Moment abfallen. Nichts floß mehr aus seinem Mund. Er war ganz still.

Zu still . . .

Ich hatte meine kleine Lampe hervorgeholt und schickte den Strahl gegen den Boden des Beichtstuhls.

Dort lag das Erbrochene.

Widerlicher, schwarzer, stinkender Schlamm oder Schleim. Er roch ätzend und verbrannt zugleich, und über der Fläche tanzten dünne Schwaden. Das alles hatte Scott Wilson ausgewürgt, für mich ein Rätsel, und ich faßte ihn an.

Mit der rechten Hand berührte ich seine Schulter. Der Mann fiel mir entgegen.

Da wußte ich Bescheid.

Scott Wilson lebte nicht mehr!

»Ist er tot?«

Ich hörte hinter mir die Stimme des Geistlichen und deutete ein Nicken an. »Ja, er ist tot, Hochwürden, und er ist in dieser Kirche hier gestorben. Unter dem Schutz des Allmächtigen, aber der hat nicht gereicht. Etwas war in ihm, etwas Furchtbares steckte in seinem Körper, von dem er mir berichten wollte, aber nicht mehr dazu kam.« Ich trat einen Schritt zur Seite. »Da, schauen Sie hin, Hochwürden. Sehen Sie ihn sich genau an, und schauen Sie auf die Lache.«

Der Pfarrer schlug ein Kreuzzeichen, bevor er meinem Wunsch nachkam. Er stand wie festgewachsen auf der Schwelle, sein Gesicht veränderte sich nicht. Es wirkte wie gemeißelt, nur seine Augenlider flatterten noch, darunter aber blieben die Pupillen starr, als wäre er ebenfalls gestorben. »Wenn Sie jetzt eine Erklärung von mir wollen, Mr. Sinclair, die kann ich Ihnen nicht geben.«

»Das glaube ich Ihnen sogar.«

Er ging zitternd zurück, seine rechte Hand spielte mit

den Perlen eines Rosenkranzes. »Hier«, sagte er. »Ausgerechnet an dieser geweihten Stätte. Wie kann so etwas geschehen? Wie ist es dem Bösen gelungen, hier einzudringen?«

Ich schüttelte den Kopf. »Irrtum, Herr Pfarrer, das Böse ist nicht direkt eingedrungen. Es lag einzig und allein an der Person des Scott Wilson. Er hat das Böse mitgebracht, ohne daß Sie etwas bemerkt haben. Es steckte bereits in ihm.«

»Und woher? Wieso . . .?«

»Ich weiß es nicht. Aber er wußte sich keinen anderen Ausweg, als sich in die Kirche zu flüchten, um schließlich mit mir reden zu können. So müssen wir es sehen.«

Der Geistliche nickte, obwohl er sicherlich keinen Bescheid wußte. »Ich habe ihn zuvor nie gekannt. Es kann Zufall gewesen sein, daß er sich ausgerechnet meine Kirche ausgesucht hat.«

»Da könnten Sie durchaus recht haben, Hochwürden.« Der Pfarrer tat mir leid. Er sah so aus, als wäre für ihn eine Welt zusammengebrochen. Seine Kirche als Schauplatz eines unerklärlichen Verbrechens, dies zu fassen, war unmöglich.

»Was sollen wir denn jetzt tun?«

»Nun, Sie werden sich damit abfinden müssen, daß es einige Aufregungen gibt. Ich muß meine Kollegen herholen. Mir geht es auch um die Masse, die Scott Wilson ausgebrochen hat. Ich werde sie analysieren lassen. Möglicherweise finden wir da einen Hinweis.«

»Wenn Sie das sagen, muß es wohl stimmen.«

»Darauf können Sie sich verlassen, Hochwürden. Wo kann ich telefonieren?«

»In der Sakristei. Dort befinden sich auch die Verwaltung und das Büro der Pfarrsekretärin.« Er sah so aus, als wollte er noch etwas sagen, überlegte es sich jedoch anders, drehte sich um und ging vor mir her. Wir blieben in dieser Reihe und brauchten den Altar nicht zu passieren, denn unser Ziel war eine kleine Nische, die von einer braun gestrichenen Tür begrenzt wurde.

Der Priester öffnete sie. Ein schmaler Flur tat sich auf. Der Geistliche machte Licht und öffnete eine der drei Türen. Ich betrat ein normales Büro, das sich nur von den anderen deshalb unterschied, weil an der Wand ein Kreuz hing.

Auf einem Schreibtisch stand ein Telefon. Der Pfarrer knipste noch die Schreibtischleuchte an, deren Schein auf den Apparat fiel. »Bitte, bedienen Sie sich, Mr. Sinclair.«

»Danke.«

Ich würde die Nachtschicht erreichen, denn beim Yard wurde rund um die Uhr gearbeitet.

Wie immer waren die Kollegen nicht gerade begeistert. Ich hörte sie stöhnen, hatte aber kein Mitleid. Man wunderte sich nur über den Tatort.

»Wirklich in einer Kirche, Sinclair?«

»Ja. Und kommt so rasch wie möglich.«

»Klar, wir fliegen.«

Der Geistliche hatte aus einem schmalen Aktenschrank eine Flasche Whisky und zwei Gläser geholt. »Ich gehe doch recht in der Annahme, daß Sie auch einen Schluck trinken werden, Mr. Sinclair?«

»Gern.«

Hochwürden genehmigte sich wenig später einen Doppelten und schob einen Aschenbecher näher. »Rauchen Sie?«

»Leider ja.«

»Ich auch.«

Er qualmte Zigarren, ich blieb bei meinen Zigaretten.

Wir saßen uns gegenüber, tranken, rauchten. Mit der freien Hand wirbelte der Pfarrer die dicken Qualmwolken zur Seite. Sein Gesicht war durch Sorgenfalten geprägt. Er verstand die Welt nicht mehr. Ich schaute derweil in mein Glas.

»Sagen Sie, Mr. Sinclair. Jetzt, wo Sie etwas Abstand gewonnen haben, wissen Sie da eine Erklärung?«

»Leider nicht.«

»Aber Sie sind der Fachmann.«

Ich stellte das Glas weg. »Das weiß ich, Hochwürden. Scott Wilson hat nur allgemein mit mir reden können. Bevor er auf den Punkt kommen konnte, starb er.«

»Wovon hat er denn gesprochen?«

»Vom Bösen.«

Das Gesicht des Pfarrers bekam einen etwas ängstlichen Ausdruck. »Etwa vom Teufel?«

»Nein!« Ich schlug mit der Hand auf den Schreibtisch. »Das ist es ja eben, nicht vom Teufel. Diesen Gedanken hatte ich auch. Ich kann es nicht sagen.«

»Wenn er das Böse meint, dann frage ich mich natürlich, was schlimmer ist als der Teufel.«

»Da haben Sie recht, Hochwürden. Ich habe auch darüber nachgedacht und bin zu keiner Lösung gekommen. Ich kann da wirklich nur raten und vermuten.«

»Was vermuten Sie denn?«

»Das ist natürlich schwer, doch ich gehe mittlerweile davon aus, daß es tief im Reich der Mythologie liegen muß. Da müßte man ansetzen. Götzen, Götter, Dämonen, etwas Uraltes, Biblisches oder Vorbiblisches. Wer kann das sagen?«

»Himmel. Sie gehen aber weit zurück.«

»Erfahrungen, Hochwürden. Denken Sie zum Beispiel an den alttestamentarischen Götzen Baal und diesen schrecklichen Kult, der um ihn herum getrieben wurde. Das hat einen Zugang bis in unsere Zeit gefunden. Ich habe Menschen kennengelernt, die ihm dienten, auch heute noch, Hochwürden.«

»Ja«, murmelte er. »Da komme ich wohl nicht mit. Ich habe nicht gelernt, so zu denken.«

»Das ist auch völlig normal.«

Er hob die Schultern. »Wie wollen Sie denn eine Spur finden, die zu den alten Götzen und diesen Irrlehren führt?«

»Das kann ich noch nicht genau sagen, aber ich werde natürlich das Vorleben dieses Scott Wilson unter die Lupe nehmen. Oder wissen Sie etwa, welchem Beruf der Mann nachgegangen ist?«

»Nein, das kann ich Ihnen auch nicht sagen.«

»Sehen Sie. Vielleicht ergibt sich dort eine Spur. Aber das sind noch Spekulationen. Wir müssen uns jedenfalls daran gewöhnen, daß es eine sehr mächtige Kraft gibt, die selbst vor einem Gotteshaus wie diesem hier nicht haltgemacht hat.«

»Und gerade dies macht mich so betroffen, Mr. Sinclair. Es ist einfach nicht mehr zu glauben. Wenn ich das jemandem erzähle, lacht er mich aus.«

Ich winkte ab.

»Behalten Sie es für sich.« Ich stand auf. »Danke für den Whisky.«

»Wo wollen Sie hin?«

»Meine Kollegen werden gleich eintreffen. Ich möchte sie vor der Kirche erwarten.«

»Und mich braucht man als Zeugen, nicht wahr?«

»Später bestimmt.«

»Gut, dann rufen Sie mich bitte.« Der Pfarrer hatte die Worte sehr trübe ausgesprochen. Er hielt den Kopf gesenkt, starrte vor sich hin und hob ab und zu die Schultern. Sein Mund bewegte sich, ohne daß er Worte sprach. Bei ihm saß der Schock tiefer als bei mir. Selbst seine Zigarre hatte er verlöschen lassen.

Ich schritt durch die Leere der Kirche. Mein erstes Gefühl hatte mich also nicht getrogen. Es war etwas passiert, etwas Furchtbares, mit dem ich nie gerechnet hatte. Das Grauen – möglicherweise aus einer sehr fernen Zeit stammend – hatte brutal zugeschlagen und diesen ehrwürdigen Ort entweiht.

Wie weit waren wir schon gekommen, wenn es selbst vor einem Gotteshaus nicht haltmachte?

Ich blieb am Beichtstuhl stehen. Die Lache war mittlerweile etwas getrocknet. Jedenfalls lag auf der Oberfläche ein dünner Film, den ich mit einem Kugelschreiber durchstieß. Der Körper wirkte wie ein zusammengesunkenes Etwas, das Haar war lang und pechschwarz.

Was hatte dieser Mensch kurz vor seinem Tod ausgewürgt? Schwarzen Schleim, eine stinkende Masse, als wäre sie schon in seinem Innern angekokelt worden?

Ich kam zu keiner Lösung, sosehr ich mir auch den Kopf zerbrach. Dieser Fall konnte möglicherweise völlig neue Dimensionen eröffnen, an die ich mich erst noch herantasten mußte.

Die Kollegen von der Wissenschaftlichen Abteilung sollten zunächst einmal die Masse untersuchen. Danach würden wir weitersehen. Meine Schritte hallten in der Stille, als ich dem Ausgang entgegenging. Ich trat in das Freie, damit auch in den kalten Abend, und schaute die Treppe hinab, die nach wie vor menschenleer lag.

Im Sommer war es anders. Da diente sie oft genug als Versammlungsort zahlreicher junger Menschen. Jetzt lag sie in einem ebensolchen tiefen Schweigen wie auch der nahe Park.

Seine Bäume machten auf mich den Eindruck einer Kulisse. Aber ich stand nicht auf der Bühne, sondern mitten im Leben, in dem es auch eine Bewegung gab.

Und zwar über den Bäumen.

Zuerst ging ich davon aus, daß der Wind eine dunkle Wolke bewegt hatte. Nur konnte er nichts bewegen, wo nichts vorhanden war. Es gab den Wind nicht und auch nicht die Wolke.

Trotzdem war sie da!

Sofort spürte ich die Spannung, denn ich wußte instinktiv, daß dieses Auftauchen der Wolke etwas zu bedeuten hatte. Sie bewegte sich über den Bäumen des Parks, was schon unwahrscheinlich war, und sie dampfte dabei förmlich in das starre Geäst hinein.

Nein, das war keine Wolke, sondern ein Schatten. Klumpig, eisig und pechschwarz.

Der Schatten des . . .

Ich unterbrach meine Gedanken, weil sie mir zu unwahrscheinlich erschienen. Zunächst wollte ich noch abwarten und den Schatten weiterhin beobachten.

Er war da, er blieb da. Er bewegte sich kaum vom Fleck und schien sich an dem Astwerk festgeklammert zu haben. So schwarz und kalt, daß seine Farbe kaum zu beschreiben war.

Ich dachte meine Vermutung zu Ende. Die Lösung lag auf der Hand.

Der Schatten war – der Spuk!

Ja, nichts war schwärzer, nichts war tiefer, nichts war verschlingender als dieser Dämon, der nur in seiner Schattengestalt auftrat. Der letzte der Großen Alten, derjenige, dessen Schicksal und Herkunft mir in großen Teilen unbekannt war.

Es hieß, daß er von den Sternen stammte, was durchaus möglich war, und vor Äonen von Jahren mußte es geschehen sein. Er hatte überlebt und war in die heutige Zeit eingetaucht.

Ich ließ die Wolke nicht aus den Augen. Sie war gestaltlos, sie besaß Formen und doch wiederum nicht. Sie und der Spuk waren einfach ein Phänomen.

Mich befremdete der Anblick natürlich. Gleichzeitig bewies er mir auch, daß der Spuk möglicherweise etwas mit dem Vorgang in der Kirche zu tun hatte.

Hatte nicht auch Scott Wilson diese pechschwarze Masse ausgewürgt?

Ja, natürlich Dann konnte es möglicherweise einen Zusammenhang zwischen diesen beiden Phänomen geben. Hier der Spuk, dort der Tote. Und Wilson hatte von einer uralten Kraft gesprochen, nicht vom Teufel, und der Spuk hatte mit der Hölle nichts zu tun.

Das war einfach irre.

Es gab ein Verhältnis zwischen mir und dem Spuk. Ich war gewissermaßen der lachende Dritte, denn der Spuk mochte den Teufel ebensowenig wie ich. So war es gekommen, daß wir einige Male auf derselben Seite gekämpft hatten, wobei er mir hin und wieder nur mit Ratschlägen zur Verfügung stand, aber Freunde waren wir nicht geworden. Das hätte auch nicht zu mir gepaßt. Zudem besaß er noch immer den Trank des Vergessens, der eigentlich Kara, der Schönen aus dem Totenreich, gehörte.

Wenn der Spuk vor dieser Kirche auftauchte, hatte das seinen Grund. Dann mußte er auch wissen, daß ich mich dort aufhielt. Wahrscheinlich war er gekommen, um mit mir Kontakt aufzunehmen. Obwohl er sich nur als schwarze Wolke zeigte, konnte er sprechen wie ein Mensch. Wir unterhielten uns dann.

Ich zögerte nicht länger. Wenn er schon nicht zu mir

kam, wollte ich zu ihm gehen. Außerdem waren die Kollegen noch nicht eingetroffen, ich hatte also Zeit.

Mit bedächtigen Schritten stieg ich die Treppe hinab. Ich wollte nichts überstürzen und dem Dämon zudem die Gelegenheit geben, meine Ankunft zu beobachten.

Auf eine direkte Begegnung mit ihm war ich gespannt. Er hatte mir sicherlich etwas mitzuteilen.

Die Kälte hatte die Bewohner in die Häuser getrieben, wahrscheinlich würde ich den Park für mich haben, denn es machte keinen Spaß, sich bei diesen Temperaturen dort aufzuhalten.

Nach der letzten Stufe blieb ich stehen und schaute noch einmal zum Himmel.

Normalerweise sah er blaugrau aus, leicht aufgehellt durch den Widerschein der Großstadtlichter. Das war auch hier der Fall, aber es gab eine Stelle, wo sich die Schwärze dicht zusammenballte, und dieser Ort lag vor mir.

Nicht mehr über mir, was nichts anderes besagte, als daß der Spuk meine Botschaft verstanden hatte.

Er lauerte im Park . . .

Etwas komisch war mir schon zumute. Die Spannung stieg mit jedem Schritt. Ich kam immer näher an ihn heran, aber noch spürte ich nichts. Normalerweise wehte von ihm eine Kälte ab, die man mit den äußeren Temperaturen hier nicht vergleichen konnte. Sie berührte einen Menschen, drang in seinen Körper hinein und ließ auch die Seele nicht aus.

Ich war mit meinem Kreuz bewaffnet, das gegen den Spuk nur bedingt half. Normalerweise bekam es einen tiefgrauen Schatten, wenn es den Spuk direkt berührte.

Der Park war nur von wenigen schmalen Wegen durchzogen. An verschiedenen Plätzen standen Bänke, die im Winter allerdings kaum noch vorhanden waren.

Es gab zudem einen Mittelpunkt, ein Denkmal, das irgendeinen sogenannten Helden des Krieges zeigte.

Dieses Denkmal sah ich nicht mehr. Auf dem Herweg hatte ich es entdeckt. Jetzt war es von der schwarzen Wolke verschluckt worden, die wie ein dunkler Nebel über dem Boden waberte.

Was nun folgen würde, kannte ich. Nur hatte ich es lange nicht mehr gespielt, blieb stehen und nickte dem Spuk zu. »Willst du dich nicht zeigen?« Diese Frage hatte ich bewußt gestellt, denn manchmal erschienen in der Wolke zwei rote Augen. Somit zeigte er mir an, daß er etwas von mir wollte.

Diesmal reagierte er nicht. Auch die Wolke bewegte sich nicht. Sie blieb völlig starr.

Mich trennten ungefähr noch drei Schritte, und ich überlegte, ob ich die Distanz überwinden sollte. Doch er hatte den Anfang gemacht, deshalb sollte er mich auch holen.

Aus der Wolke erklang die mir schon bekannte Stimme. Sie war mehr als ein Grollen, aber ich verstand seine Worte sehr gut. »Ich freue mich, daß du gekommen bist, John Sinclair.«

»Danke.« Dann lachte ich. »Hast du das alles eingefädelt? Hast du dafür gesorgt, daß Scott Wilson über mich Bescheid wußte. Zutrauen würde ich es dir.«

»Nein, ich war nicht beteiligt. Allerdings wußte ich, daß ihm keine andere Möglichkeit blieb.«

»So ist das.«

»Und du willst eine Erklärung, nicht wahr?«

»Ist das so ungewöhnlich?«

»Bestimmt nicht.«

»Gib sie mir.«

»Ja und nein. Ich will, daß du zu mir kommst. Was ich dir zu sagen habe, ist keine Auflösung, ich werde dich höchstens mit Hinweisen bedienen. Möglicherweise faßt du es auch als Warnung auf, aber das ist allein deine Sache.«

»Und weiter?«

»Komm her!«

Ich betrat nicht zum erstenmal die Wolke, deshalb hielt sich meine Furcht in Grenzen. Vielmehr erhöhte sich die Spannung, denn der Spuk war so etwas wie der Joker im Kartenspiel der schwarzmagischen Kräfte. Wenn er etwas zu sagen hatte, wählte er seine Worte immer sehr vorsichtig. Er konnte die Akteure wie Figuren über die Spielfläche des Lebens schieben. Zumeist ließ ich es auch mit mir geschehen, da seine Informationen sich oft genug als wertvoll herausgestellt hatten, auch wenn er dabei an seine Interessen dachte.

Ich vergaß jedoch nie, daß er ein Feind der Hölle war. Und der Satan vergaß nicht, daß es ihm noch nicht gelungen war, das Reich der Dämonenseelen, über das der Spuk herrschte, in seinen Besitz zu bringen. Deshalb auch die unversöhnliche Feindschaft zwischen ihnen, von der ich dann und wann profitierte.

Also ging ich vor.

Die ersten Schritte noch normal, dann erschien die pechschwarze, lichtlose Wand dicht vor mir.

Ich ging weiter – und betrat eine andere Welt oder eine andere Zeit. Wahrscheinlich mischte sich beides, aber das Gefühl, auf der Erde zu sein, hatte ich nicht mehr . . .

Irma Danning lachte. Es tat ihr gut, den Kopf zurücklegen zu können und diesem Lachen freie Bahn zu lassen. Der Mann, der ihr einen Witz erzählt hatte, war ebenfalls so von seinen eigenen Worten angetan, daß sein

Lachen mit dem der Frau durchaus standhalten konnte.

Beide befanden sich auf einer Party, die MONTREX gab und zu der nur die höheren Chargen eingeladen worden war. Das Ehepaar Danning gehörte dazu, denn Sheldon Danning galt als einer der besten Geologen von MONTREX, ein Spezialist für schwierige Fälle, der bisher alle Probleme gelöst hatte.

Trotz des Golfkriegs fand die Party statt. Natürlich gut bewacht im Saal eines der besten Londoner Hotels, das fünf Sterne hinter seinem Namen trug.

Sie verschluckte sich beinahe, senkte den Kopf, ging zur Seite und stützte sich auf einer Stuhllehne ab. »Nein, Brett . . . nein, das ist einfach irre. Den Witz müssen Sie weitererzählen . . .«

»Er ist einfach.«

»Bitte . . .«, sie prustete wieder los. »Noch einmal.«

»Gern, Mrs. Danning.« Brett Hawkins, einer der Assistenten ihres Mannes, stellte die Frage. »Wie lauteten die letzten Worte eines Dachdeckers?«

Irma Danning prustete los. »W . . . w . . . weiß nicht.«

Er gab die Antwort. »Scheiß Wind!«

Abermals brach sie in lautes Gelächter aus, so daß die anderen Partygäste verwundert die Köpfe schüttelten. Keiner von ihnen hatte Mrs. Danning jemals so aufgekratzt erlebt. Die Vierzigjährige galt als zurückhaltend. Es konnte auch am Champagner liegen, wenn sie sich an diesem Tag anders gab.

Irma Danning war eine attraktive Frau. Ziemlich groß, mit guter Figur und wohlfrisierten blonden Haaren, die ihr Friseur so geschickt gelegt hatte, daß sie aussah, als wäre sie gerade einem Wirbelsturm entkommen. Der moderne Schnitt machte sie entschieden jünger, und unter dem eng sitzenden schwarzen Cocktailkleid, mit den beiden bunten Straßborden an den Seiten, zeichnete sich noch eine gute Figur ab, um die sie viele jüngere Frauen beneidet hätten.

»Das war einmalig, Brett, wirklich Sie sind super. Wo kriegen Sie das alles her?«

Brett deutete eine Verbeugung an. Auch sein Haar war blond, das Gesicht sonnenbraun. »Man hört eben zu, Mrs. Danning.«

»Das merke ich. Kennen Sie sonst noch einen Witz. Ich meine, dieser mit den letzten Worten.«

»Schon.«

»Sie müssen ihn erzählen, Brett.« Irma legte ihm eine Hand gegen den Nacken. »Bitte.«

Er zierte sich etwas. In der Nähe stehende Gäste hatten das Gespräch mitgehört. Sie kamen zu den beiden und forderten Brett Hawkins auf, noch einen Spruch loszulassen.

»Nun ja«, murmelte er, »wenn Sie es wollen.« Danach sprach er lauter. »Die letzten Worte eines Beifahrers?«

»Von links kommt nichts!«*

Diese Antwort gab Sheldon Danning, der aus dem Hintergrund heranschlenderte und die Frage gehört hatte. Er hielt ein leeres Weinglas lässig in der linken Hand und hatte die rechte in die Tasche seiner Smokinghose geschoben.

»Sheldon, das ist unfair Brett gegenüber!« beschwerte sich seine Frau. »Du hättest es nicht sagen dürfen.«

»Weshalb nicht?«

»Ich kann nicht mal lachen.«

»Dein Pech, Irma.«

Sie verzog die hell geschminkten Lippen. »Immer mußt du den Spaß verderben, Sheldon.«

*Linksverkehr!

Die anderen Gäste hielten sich zurück, weil sie wußten, daß es mit der Ehe der Dannings nicht zum besten stand. Man munkelte, daß sie nur mehr aus gesellschaftlichen Gründen aufrechterhalten würde und daß Sheldon nebenbei mehrere Freundinnen besaß. Er war noch ein sehr attraktiver Mann, obwohl er zehn Jahre älter war als seine Frau.

Jetzt legte er seine Hand um ihre Schulter und merkte, daß Irma versteifte. Sie drehte sich nicht aus seinem Griff hervor, zwang sich sogar zu einem Lächeln und fragte ihn, ob sie nicht etwas essen wollten.

»Gern, Irma.«

Er entschuldigte sich bei den anderen Gästen und führte seine Frau zum Buffet. Immer lächelnd, immer derjenige, der die Kontrolle behielt.

Anders seine Frau. Sie lächelte zwar auch, zischte ihm aber mit einer böse klingenden Stimme zu. »Immer mußt du der Spielverderber sein, Sheldon.«

»Warum denn?«

»Es ist deine ganze Art, verflucht!«

»Sieh das locker.«

»Das habe ich lange genug getan.«

Er blieb stehen, hob seine Augenbrauen und schaute sie an. »Willst du dich trennen?«

»Soll ich?«

»Darling, das überlasse ich dir. Es wäre allerdings besser, wenn du bei mir bliebst. Außerdem bin ich die Hälfte des Jahres im Orient. Was willst du mehr?«

»Schon gut, Sheldon.«

»Na bitte.« Sie schlenderten weiter, stellten zwischendurch ihre Gläser ab, und Sheldon erkundigte sich wie nebenbei nach dem Namen ihres Liebhabers.

»Was sagst du?« Irma löste sich von seinem Arm. Sie

war direkt unter dem kostbaren Kronleuchter stehengeblieben.

»Wie heißt dein Liebhaber? Mehr will ich nicht wissen. Findest du das so ungewöhnlich?«

Sie funkelte ihn an. »Erstens ja, und zweitens ist es eine Unterstellung, Sheldon.«

»Kann sein. Aber wäre es so unnatürlich?«

»Was willst du damit sagen? Worauf willst du hinaus? Rede – jetzt und hier.«

»Gern. Du bist eine attraktive Frau, Irma . . .«

»Danke, Darling«, erwiderte sie spöttisch. »Wem erzählst du das denn noch alles?«

»Laß mich weiterreden. Ich las, daß es ›in‹ ist, wenn sich Frauen jüngere Liebhaber nehmen . . .«

»Umgekehrt aber auch.«

»Das streite ich nicht ab. Nur möchte ich dich um eines bitten: Wenn du dir schon einen Liebhaber suchst, dann bitte nicht einen Mann aus der Firma.«

Sie lächelte breit. »Ach ja? Denkst du da an einen bestimmten, Sheldon?«

»Kann sein.«

»Und an wen?«

»Muß ich dir das sagen?«

Irma Danning verengte die Augen, so daß sie eine katzenartige Form bekamen.

»Ich weiß genau, wen du meinst. Brett Hawkins, nicht wahr?«

»Erfaßt.«

»Dann muß ich dir sagen, daß du verrückt bist«, erklärte sie spontan und lachte wieder.

Auch Sheldon lachte, nur seine Augen lachten nicht mit. Sie blieben kühl. Das war es, was Irma so haßte. Seine kühle Distanz und seine Überlegenheit. Sie kam einfach nicht davon los. Wenn er sie so anschaute, reagierte sie einfach viel zu aufgebracht und hätte am liebsten alles hingeschmissen.

Er nahm ihr den Wind aus den Segeln. »Wollten wir nicht etwas essen, Irma?«

»Ja, das hatten wir vor.«

»Dann komm bitte mit. Es sind noch einige herrliche Sachen da. Sushi, zum Beispiel.«

»Ich esse keinen rohen Fisch.«

»Das ist schade.«

Das Buffet war nicht nur japanisch, es gab auch einen italienischen Einschlag, und für den interessierte sich Irma Danning. Leichte Fischsalate sagten ihr jetzt mehr zu. Dazu nahm sie einen Wein aus Sizilien, der offen angeboten wurde.

An den Rändern des im Rokoko-Stil eingerichteten Raumes standen die Tische, manche mit zwei, andere wieder mit vier Stühlen. Die Dannings entschieden sich für einen Zweiertisch und saßen sich gegenüber.

Sheldon hatte sich tatsächlich für den rohen Fisch entschieden, dazu mehrere Soßen genommen, aber keine Stäbchen, denn er wollte mit einem normalen Besteck essen.

Der Fisch war in ein Blatt ein gewickelt worden, das eine dunkelgrüne Farbe besaß.

»Ich wünsche dir einen guten Appetit, Darling.«

»Und ich wünsche dich zum Teufel!« zischte Irma, worauf ihr Mann kurz und heftig auflachte.

»Ist das so spaßig für dich?«

»Vielleicht werde ich bald bei ihm sein, Darling.«

Irma hätte sich fast am Lachs verschluckt. Schnell trank sie den Wein hinterher. »Wie soll ich denn das verstehen? Ist das einer deiner so tollen Scherze?«

Er winkte ab und hatte sogar das Besteck zur Seite gelegt. »Bewahre, keinen Scherz.«

»Was dann?«

»Mein Ernst.«

»Dich wird also bald der Teufel holen«, stellte Irma noch einmal richtig.

»So ähnlich.«

Sie verzog den Mund. »Ich habe schon viel Unsinn gehört, das aber setzt dem Faß die Krone auf.«

Er aß ungerührt weiter und meinte kauend: »Ich bin sicher, daß du bald anders darüber denken wirst.«

»Schön. Und wann?«

»Möglicherweise noch in dieser Nacht. Und auch hier.« Nach diesen Worten lächelte er kantig.

Irma hob die Schultern, kaute, nickte einem Bekannten zu, der ihren Tisch passierte, und trank wieder einen Schluck Wein. »Viele Menschen haben einen Psychiater. Ich bin der Ansicht, daß auch du einen aufsuchen solltest.«

»Dazu ist es zu spät.«

Der Ernst der Worte erschreckte sie. Sie legte das Besteck zur Seite, schüttelte den Kopf und fragte: »Sag mal, spinnst du eigentlich? Wie kannst du nur so etwas erzählen?«

»Weil es der Wahrheit entspricht.« Sein Gesicht verlor jegliches Lächeln, es verdüsterte sich, und das wiederum lag nicht an der etwas schwachen Beleuchtung.

»Willst du, daß mir der Appetit vergeht?«

»Deine Sache.« Er betrachtete den Fisch, tunkte ihn in die Soße und tupfte mit der Serviette seine Lippen ab. Danach trank er einen kräftigen Schluck Weißwein.

»Schon fertig?« fragte Irma.

»Ja.«

»Dann war das dein letztes Essen, bevor dich der Teufel holt. Sehe ich das so richtig?«

»Du hast es erfaßt!«

Seine Stimme war so ernst gewesen, daß es der Frau die Sprache verschlug. Sie konnte ebenfalls nichts mehr essen und schob fast wütend den Teller zur Seite. »Verdammt noch mal, Sheldon, das ist nicht nur unfair, das ist auch gemein von dir. Mag unsere Ehe auch kurz vor dem Zerbrechen stehen, deshalb braucht man sich als erwachsener Mensch nicht so zu unterhalten.«

Er lächelte etwas verloren. »Jetzt bin ich schon ehrlich zu dir, und du machst mir Vorwürfe.«

»Ich finde diese Ehrlichkeit pervers. Ich weiß nicht, was das alles soll. Willst du mich kleinkriegen, am Boden haben?« Sie drehte den ausgestreckten Daumen nach unten. »Oder steckst du plötzlich mitten in der Krisis, weil dich eines deiner Schätzchen versetzt hat? Was soll das bedeuten?«

»Es ist kein Spaß, Irma.«

»Hör auf, Sheldon!«

Er nickte sehr ernst. »Ich habe mich da auf eine Sache eingelassen, deren Tragweite ich zuvor nicht überblikken konnte.«

»Wie heißt die Tragweite? Welche Oberweite hat sie . . .?«

»Sei ruhig!« zischte er über den Tisch. »Mir ist es verdammt ernst. Ich will nicht, daß du darüber scherzst.«

»Entschuldige.«

»Es ist beruflich.«

Irmas Augen weiteten sich. »Ach, jetzt verstehe ich dich. Du verlierst deinen guten Job. Man will dich niedriger setzen oder von Montrex weglocken.«

»Nein, auch das nicht.«

»Dann begreife ich das alles nicht.«

»Es passierte bei meinem letzten Aufenthalt im Orient. Wir haben da etwas getan . . .« Er atmete schwer und suchte nach Worten. »Jedenfalls war es nicht gut.

Wir sind über eine Grenze geschritten, die besser unangetastet geblieben wäre.«

»Hängt es mit dem Krieg dort unten zusammen?«

»Überhaupt nicht. Es ist auch keine nationale Grenze, sondern eine andere.«

»Welche denn?«

»Eine unsichtbare. Eine Zeitengrenze. Wir haben etwas geweckt . . . Es klingt für dich vielleicht lächerlich, für uns ist es das nicht. Wir haben einen Fehler gemacht und den Keim mitgebracht.«

»Eine Seuche oder so . . .?«

»Nein, nein, das auch nicht.«

»Sorry, dann weiß ich nicht mehr weiter.«

»Ich würde es eher als eine Schuld bezeichnen, wenn du verstehst. Eine verdammte Schuld.«

Irma überlegte. »Das klingt bei mir wie eine Ausrede. Darf ich es anders formulieren?«

»Bitte sehr.«

»Ein Verbrechen?«

Sheldon Danning senkte den Kopf. Plötzlich kam er seiner Frau sehr alt und grau vor. Ohne sie anzusehen, gab er seine Antwort. »Im Prinzip kann ich dir nicht einmal widersprechen. Wie du es siehst, ist es möglicherweise ein Verbrechen.«

»Mit Toten?«

»Nein«, sagte er lachend. »Nicht ein Verbrechen, wie man es allgemein annehmen könnte. Ich sprach davon, daß wir eine Grenze überschritten haben. Damit wurde etwas geweckt. Etwas Uraltes, Schreckliches . . .«

»Hört sich an, als würdest du mir einen Film erzählen wollen. Einen von der Sorte, wo sich Horror und Fantasy mischen.«

»So ähnlich war es auch.«

»Dann hast du geträumt.« Irma war fest davon überzeugt. Sie glaubte ihrem Mann auch jetzt nicht, obwohl er so drängend gesprochen hatte. Glücklicherweise war keiner der anderen Gäste in der Nähe, der ihnen zugehört hätte. Beide wären bis auf die Knochen blamiert gewesen. Noch einen Versuch startete die Frau. »Wenn ich dir glauben soll, was du ja offensichtlich willst, dann möchte ich gern einen Beweis sehen. Beweise mir, daß du recht hast.«

»Sicher, Irma, das wirst du bald erleben.«

»Nein, mein lieber Gatte, nicht gleich, sondern jetzt.« Sie hatte sich vorgebeugt und nickte ihm zu. »Verstehst du? Jetzt gleich, hier am Tisch.«

Er hob den Kopf, wollte die Hand seiner Frau anfassen, aber Irma zog ihren Arm zurück. Seit einigen Minuten fühlte sie sich in Hochform. Endlich konnte sie sich für die Demütigungen rächen, die sie all die Jahre über erlitten hatte.

»Darf ich dich um Verzeihung bitten?«

»Hör auf mit dem Quatsch! Ich will einen Beweis.«

Er schaute sie an. »Willst du den tatsächlich, Irma?«

»Ja.«

»Dann sieh her!«

Er öffnete den Mund und ließ seine Zunge hervorschnellen. Eigentlich hätte Irma ein rosiges Etwas sehen müssen, was nicht der Fall war.

Statt dessen war ein widerlich schwarzer Lappen aus dem Mund geschnellt. Es hatte nur mehr von der Form her Ähnlichkeit mit einer Zunge, ansonsten aber nicht. Wie ein breiter Speer schaute es aus dem Mund und bewegte sich auf der Oberfläche, als würden dort winzige Würmer kriechen.

Irma Danning saß wie angewachsen auf ihrem Platz. Die Arme halb erhoben und angewinkelt. Sie war einfach nicht fähig, ein Wort zu reden. Sie glaubte zu träumen. Das Essen stieg ihr zusammen mit dem Wein hoch, und in ihrem Mund breitete sich ein säuerlicher Geschmack aus. Rasch preßte sie ihre Hand vor die Lippen, um das Würgen zu unterdrücken.

Ihr Mann öffnete den Mund und ließ die Zunge wieder verschwinden. Als er seine Frau jetzt anschaute, zeigten seine Augen eine rote Äderung. »Weißt du nun Bescheid, Irma?«

Sie sagte nichts, sie schüttelte den Kopf, und auch ihre Augen fingen an zu brennen. Als die Hand sank, war sie weiß wie eine frische Leinwand. Und ihr Gesicht wirkte wie ein Film aus Gefühlen, die zumeist ängstlich und negativ waren.

»Es fängt schon an!« sagte Sheldon leise. »Es fängt verdammt noch mal schon an. Ich habe es gespürt. Ich wußte es. Ich habe dir gesagt, daß es mein letztes Essen gewesen ist«, fügte er mit einem bitter klingenden Galgenhumor hinzu. »Jetzt muß ich für alles bezahlen, Irma. Für alles, verstehst du?«

»Nein«, ächzte sie. »Nein, Sheldon, ich verstehe nichts, überhaupt nichts. Tut mir leid . . .«

Er sagte etwas für sie Schlimmes. »Finde dich mit meinem Tod ab, Irma. Finde dich damit ab. Du weißt, daß wir relativ vermögend, wenn auch nicht reich sind. Ich habe dir alles hinterlassen. Ich . . . ich werde es nicht mehr brauchen können.« Mit einem scharfen Ruf hielt er einen der Ober an und nahm zwei gefüllte Champagnergläser von dessen Tablett. Eines stellte er vor seine Frau.

»Was soll das?«

Sheldon hob sein Glas. »Trinken wir auf dich, meine Liebe. Trinken wir auf dein Leben. Meines ist vorbei. Endgültig verloren. Ich werde sterben.«

Sie saß unbeweglich da und schüttelte den Kopf.

Irma konnte sich nicht rühren. Sie schaffte es nicht einmal, die Hand auszustrecken und nach dem Glas zu fassen. Das war alles zu schlimm, zu schrecklich, einfach zu unwahr.

Er aber trank. Sheldon setzte das Glas an, kippte es und schlürfte es mit einem langen Zug leer. Danach bewegte er den Mund, als wollte er noch auf den Bläschen kauen.

Irma aber konnte nichts sagen. Auch nichts denken. Sie saß da, wollte schreien, um Hilfe bitten, auch ihre Kehle war zu, und sie schaute nur ihren Mann an, der sein leeres Glas zwar festhielt, aber nicht mehr die Kraft besaß, es auch weiterhin zu halten. Es kippte plötzlich zur Seite, rutschte ihm aus den Fingern, landete auf der Tischdecke, rollte der Kante entgegen, darüber hinweg und landete auf dem glatten Parkettboden, wo es zersplitterte. Das Geräusch ging im Partylärm unter. Nicht einmal ein Ober hatte es gehört.

»Das war auch mein letzter Schluck«, sagte er mit einer Irma fremd vorkommenden Stimme.

Endlich raffte auch sie sich auf. »Komm, Sheldon, laß uns nach Hause gehen.«

Er sah sie an, lächelte so warm wie früher, aber etwas verlorener.

»Das wird nicht mehr möglich sein.«

»Warum denn nicht?«

»Weil ich hier sterben werde.«

»Bitte, Sheldon, es ist gut. Es ist wirklich gut. Du solltest nicht mehr so reden. Wir . . .« Die Worte erstarben ihr auf den Lippen, als sie sah, was mit ihrem Mann geschah.

Er beugte sich vor, und gleichzeitig ging ein heftiger Ruck durch seine Gestalt. Im selben Rhythmus öffnete er den Mund, und im nächsten Augenblick erlebte die

Zuschauerin den nackten Horror, als der schwarze, dickflüssige Strahl hervorbrach.

Es war das perfekte Bild des Entsetzens. Die gelenkbreite teerartige Masse klatschte auf Teller und Bestecke, bevor sie sich auf dem Tisch verteilte.

Und noch immer hatte kein anderer etwas von diesem furchtbaren Vorgang mitbekommen. Nur Irma Danning schaute zu. Ihr verzerrtes Gesicht sah aus, als wären kleine Porzellanscheiben darauf geklebt worden, um den Ausdruck auch konservieren zu können. Sie war nicht in der Lage zu denken, sie sah den Schrecken nur, ohne ihn recht nachvollziehen zu können.

Noch immer wühlte sich der schwarze Strahl aus dem offenen Mund. Immer mehr Nachschub drang aus dem Körper des Mannes, als wollte er alles, was sich in seinem Innern befand, herauswürgen. Seine Augen standen dabei offen. Das Gesicht war völlig verschwitzt. Nie zuvor hatte Irma einen Menschen gesehen, bei dem eine derartige Masse Schweiß aus den Poren brach.

Plötzlich kippte er nach vorn, als hätte ihm jemand in den Nacken geschlagen.

Sein Gesicht fiel in die Masse hinein. Das restliche Essen auf dem Teller war völlig verdeckt worden, und Irma konnte zuschauen, wie der Rücken ihres Mannes noch einmal zuckte, bevor er still lag und nur mehr seine Arme zur Seite wegpendelten.

Aus, vorbei ... Die schwarze Masse wühlte sich über den Tischrand. Sie tropfte zu Boden.

Kein Blut ...

Plötzlich stand Irma auf. Sie tat es, ohne es richtig zu wissen. Dann, als der Stuhl durch den Druck ihrer Kniekehlen nach hinten fiel, brach es aus ihr hervor.

Sie schrie so furchtbar wie noch nie in ihrem Leben!

Ich hatte die Welt des Spuks betreten, das Reich der Schatten, Hort der Dämonenseelen, die der Spuk sammelte und nicht mehr freigab bis auf wenige Ausnahmen.

Diese Welt besaß mehrere Seiten. Sie konnte nur erschrecken, aber auch tödlich sein. Es lag allein an deren Herrscher und dessen Plänen, die zumeist für Fremde unsichtbar waren.

Mich umgab eine furchtbare Kälte. Mit Worten war sie schlecht zu beschreiben, ich sah sie als Kälte des Alls an, diese tiefe, absolute Lichtlosigkeit, die mich allerdings nicht körperlich strapazierte, wie die Temperaturen draußen, nein, diese Kälte erlebte ich in meinem Innern. Sie löschte die Wärme der Seele und begann so damit, die menschlichen Gefühle zu rauben.

Es war für mich nicht so schlimm wie für einen ›normalen‹ Menschen, da ich noch einen gewissen Schutz besaß. Den leichten Druck des Kreuzes spürte ich immer auf der Brust, und auch jetzt berührte es wie ein lockerer Schutz meinen Körper. Hätte ich es hervorgezogen und dicht vor meine Augen gehalten, wäre es kaum zu sehen gewesen, denn die Schwärze verschlang alles.

Ich ging einfach weiter. Von außen her hatte ich eine gewisse Begrenzung der Wolke ausmachen können. Tatsächlich aber war sie unbegrenzt. Da konnte ich meilenweit laufen, ohne gestoppt zu werden, es sei denn, der Spuk hielt es für richtig. Wenn er wollte, zeigte er seiner Welt die Grenzen auf.

Ich blieb stehen, als ich in der Dunkelheit die roten Punkte sah. Nicht kreisrund, sondern etwas schräg. Ein gefährliches Glühen, zwei rote Raubtieraugen, so schien es.

Tatsächlich jedoch zeigte sich mir der Spuk. Und

seine Augen brachten eine Botschaft mit, die ich verstand, auch ohne daß ich sie akustisch hörte.

Bis hierher und nicht weiter!

Die Regeln waren mir bekannt. Ich hielt mich daran und blieb stehen. Er wollte etwas von mir, und er würde mir auch sagen, was. Deshalb konnte ich mit ruhigem Gewissen abwarten.

Die Augen bewegten sich nicht. Als rote Ovale standen sie in der Schwärze und lauerten. Sie selbst konnten nicht sprechen. Wenn der Spuk redete, drang seine Stimme aus der lichtlosen Finsternis und umhüllte mich ganz und gar.

»Gut, daß du gekommen bist, John Sinclair. Es hat lange gedauert, bis wir wieder zusammentrafen, aber diesmal ist es nötig. Du bist dabei, dich selbst zu töten.«

»Tatsächlich? Hätte ich nicht gedacht. Noch lebe ich, wenn auch in dieser Wolke.«

»Es geht um etwas anderes.«

»Um was?«

»Menschen haben ein Tabu gebrochen. Sie hielten sich nicht an die Regeln, die vor Urzeiten aufgestellt wurden. Jetzt trifft sie die Rache der Zeiten.«

»Das habe ich gesehen.«

Aus dem Dunkeln drang mir das Lachen des Spuks entgegen. Es hörte sich scharf und rauh an. »Sie haben Fehler gemacht und nicht an ihre eigene Unzulänglichkeit geglaubt. Sie haben sich überschätzt und Kräfte auf den Plan gerufen, die sie vernichten werden.«

»Und du gehörst dazu.«

»Nein, John Sinclair, ich habe damit nichts zu tun. Nicht direkt, ich bin indirekt betroffen und werde mich vorerst zurückhalten. Du weißt, daß mir an einem gewissen Gleichgewicht gelegen ist. Ich will nicht zerstören, ich will nicht vernichten, wenn es nicht unbedingt sein muß. Sollte ich gezwungen werden, schlage ich mit aller Härte zu. Deshalb mein Rat an dich. Laß sie sterben. Kümmere dich nicht um sie. Es ist besser, wenn sie nicht mehr leben.«

»Für wen?«

»Es ist für alle besser. Sie müssen es durchstehen. Und wenn sie es durchgestanden haben, wird es für alle besser sein. Können wir uns darauf einigen?«

»Wenn ich zustimme, würde ich aufgeben.«

»Nein, es wäre nur besser, John Sinclair. Besser für dich und auch für die anderen.«

»Was hat der Mann getan, der in der Kirche auf so schreckliche Art und Weise gestorben ist?«

»Er brach ein Tabu!«

»Welches?«

»Ich werde es dir nicht sagen. Ich rate dir nur, dich zurückzuhalten, sonst wird dich der Tod überfluten wie eine Sintflut. Noch einen Tip gebe ich dir. Hüte dich vor dem Orient. Damit meine ich nicht den großen Krieg, der dort geführt wird. Es gibt auch noch andere Stätten. Du solltest dich wirklich hüten.«

Der Spuk hatte eindringlich gesprochen, nur waren seine Worte bei mir nicht unbedingt auf fruchtbaren Boden gefallen. Ich gehörte zu den Typen, die eher das Gegenteil von dem taten. Es gab die Spur in den Orient. Wenn der Spuk mich aus der Sache hätte heraushaben wollen, hätte er mir keinen Hinweis gegeben. Möglicherweise lief hier ein Doppelspiel ab. Ihm traute ich alles zu.

»Hast du es dir überlegt?«

»Sicher«, sprach ich gegen das Augenpaar. »Ich habe es mir überlegt. Und ich werde auch meinen Entschluß nicht ändern.«

»Was ist dabei herausgekommen?«

»Das sage ich dir nicht.«

»O du Narr, Sinclair, du Narr. Soll es dir so ergehen wie dem Mann in der Kirche?«

»Das sicher nicht. Ich bin aber gewarnt, verstehst du? Ich werde alles tun, um diesem Schicksal zu entgehen. Ich weiß jetzt, was mir bevorsteht.«

»Nein, du weißt nichts!« hallte die grollende Stimme durch die Dunkelheit. »Überhaupt nichts. Es ist zu alt für dich, vor eurer Zeitrechnung passierte es, weit vor ihr. Man soll die archaische Geschichte des Alten Landes ruhen lassen, mehr kann ich dir nicht sagen. Es war eine Warnung genug, finde ich.«

Für mich nicht. Ich hatte noch zahlreiche Fragen, aber der Spuk wollte nicht mehr.

Plötzlich war er verschwunden. Die Wolke verschwand, als wäre sie von flinken Händen zur Seite gezogen worden. Ich stand noch immer in der Kälte, diesmal jedoch war es eine andere. Da drang sie wieder von außen gegen mich wie ein eisiger Atem aus den kalten Regionen der Erde. Ich kam mir so verloren vor inmitten der kahlen Bäume, wobei ich gegen das komische Denkmal schaute und mich nicht so heldenhaft fühlte wie die Figur auf dem Sockel.

Ich dachte natürlich über die Begegnung mit dem Spuk nach. Sie war mir vorgekommen wie ein böser Traum. Gleichzeitig aber wußte ich, daß es kein Traum gewesen war. Er war aus seiner Welt gestiegen oder hatte seine Schattenwelt in die unsere hineingebracht. Ich durfte seine Warnung keinesfalls auf die leichte Schulter nehmen. Daß sich dort etwas Schreckliches anbahnte, hatte ich im Beichtstuhl erlebt. Ein Mensch war auf furchtbare Art und Weise gestorben, eine alte Rache, eine Bestrafung mußte ihn erreicht haben.

Wofür?

Mir kam wieder der Begriff in den Sinn, den der Spuk genannt hatte. Das Alte Land.

Was war dieses Alte Land? Wo lag es? In dieser Welt, in einer anderen vielleicht?

Ich stand in der Kälte, zermarterte mir das Gehirn, das auf Hochtouren lief, und hatte plötzlich eine Idee.

Das Alte Land, das Heilige Land!

Zwei Begriffe, die zusammengehörten und etwas Bestimmtes damit meinten. Einen Ort, ein Stück Geschichte, die Geschichte eines Volkes. Die der Israeliten.

Genau das war es.

Ich sah zwar nicht viel klarer, mir war aber klargeworden, daß die Spuren dorthin führen würden. Entweder nach Israel oder nach Jordanien. Und das in dieser Zeit.

Auf einmal wurde mir noch kälter, und meine Züge erstarrten selbst zu einer eisernen Maske. Ich merkte kaum, daß ich wieder auf die Kirche zuging. Erst als ich die vor der Treppe stehenden Wagen sah, kehrte ich wieder zurück in die Realität.

Die Kollegen, von mir alarmiert, waren mittlerweile eingetroffen. Ich ging in die Kirche, wo ich sie fand und auch den Pfarrer, der durch den Besuch überfordert war und nicht wußte, was er tun und lassen sollte. Er atmete auf, als er mich sah. Händeringend lief er auf mich zu. »Sinclair, was haben Sie mir nur angetan! Diese Kirche ist doch kein Tollhaus. Ich . . .«

»Lassen Sie mal, die Kollegen tun nur ihre Pflicht.«

»Aber können sie nicht etwas leiser sprechen?«

Ich lächelte ihm beruhigend zu. »Es wird nicht mehr lange dauern, glauben Sie mir.«

»Wie Sie meinen.«

Der Chef hieß Morgan, ein noch junger Kollege, der

seinen eigentlichen Vorgesetzten vertrat, weil dieser in Urlaub war. »Ich komme da nicht mit, Mr. Sinclair.«

»Was meinen Sie?«

»Mit dem Toten. Der . . . der muß seine Eingeweide ausgebrochen haben, zusammen mit dem Blut.« Er flüsterte, doch seine Stimme klang trotzdem laut. »Können Sie das begreifen? Einfach alles ausgewürgt, nehme ich an.«

»Ich weiß.«

»Haben Sie es gesehen?«

»Ja.«

»Und?«

»Wie Teer, Mr. Morgan, es war wie Teer.«

»Stimmt«, flüsterte er, »stimmt genau. Ich bin dabei und lasse es zusammenkratzen.« Er schüttelte sich, und sein jungenhaftes Gesicht hatte düstere Schatten bekommen. »An dem Fall können selbst Sie sich die Zähne ausbeißen.«

Ich lächelte breit. »Woher wissen Sie das?«

»Ach, hören Sie auf.«

Ich wollte mir den Toten anschauen. Man hatte ihn aus dem Beichtstuhl geholt und auf den kalten Boden gelegt. Als Toter wirkte er in dieser Kirche wie ein Fremdkörper. Ich hatte ihn ja nun aus der Nähe gesehen, als wir zusammen im Beichtstuhl saßen. Okay, das Licht war schlecht gewesen, jetzt strahlten ihn die Scheinwerferlampen an. Ich aber hatte den Eindruck, als hätte er sich nach dem Verlust dieser Masse unheimlich stark verändert. Das war nicht mehr der Scott Wilson, wie ich ihn kannte. Er war zusammengefallen, kleiner geworden, und das lag nicht allein an seiner Haltung, weil er die Beine angezogen hatte.

»Worüber denken Sie nach?« fragte mich Morgan.

»Ich suche Zusammenhänge.«

»Die suche ich auch.«

Ich drehte mich zu ihm um. Er machte ein betroffenes Gesicht. »Wissen Sie was, Kollege. Wir beide sollten das diesmal den Spezialisten überlassen.«

»Wie? Ist das nicht Ihr Fall?«

»Schon. Doch auch ich brauche eine Basis, auf der ich aufbauen kann. Die können mir die Wissenschaftler verschaffen. Davon bin ich fest überzeugt. Wie lange brauchen Sie noch?«

»Wir sind eigentlich fertig und haben die Aufnahmen im Kasten.«

»Das ist dann okay.«

Der Geistliche schlich herbei. Er schaute sich unsicher um, als wäre ihm die eigene Kirche fremd gewordeb. »Werden Sie mich denn auf dem laufenden halten, Sir?«

»Aber sicher. Ich möchte Sie noch etwas fragen. Kennen Sie das Heilige Land oder das Alte Land?«

Er schüttelte den Kopf. »Was hat das denn mit diesem Fall hier zu tun, Mr. Sinclair?«

»Wahrscheinlich nichts. Ich hätte nur gern von Ihnen eine Antwort gehabt.

»Ja, das ist das alte Israel.«

»Danke, das habe ich mir gedacht.«

»Sie können es auch im Alten Testament nachlesen.«

Ich lächelte. »Nicht nötig, Hochwürden. Ihre Antwort reicht mir völlig aus.«

»Bitte sehr.«

Die Leiche wurde in einen Behälter aus Kunststoff gelegt und dann weggeschafft. Ich blieb noch mit dem Pfarrer zurück und schaute den entschwindenden Kollegen nach.

»Was kommt da auf uns zu, Mr. Sinclair?«

»Tja, Hochwürden, das ist schwer zu sagen. Ich

befürchte, daß sich neue Dimensionen eröffnen.«

»Wie meinen Sie das denn?«

»Ach, wissen Sie, darüber sollten Sie sich den Kopf nicht zerbrechen. Gute Nacht.«

»Höre ich wieder von Ihnen?«

Ich reichte ihm die Hand. »Bestimmt, Hochwürden.« Dann ging ich aus der Kirche.

Ich war allein und fühlte mich auch so. Mit müde wirkenden Schritten ging ich zurück zu meinem Wagen, der mittlerweile einen Mantel aus Eis bekommen hatte.

Mit dem Kratzer säuberte ich die Frontscheibe, damit ich hindurchschauen konnte. Mit meinen Gedanken war ich ganz woanders, denn die drehten sich um meinen Freund und Partner Suko. Wie gern hätte ich ihn jetzt an meiner Seite gehabt.

Das war nicht möglich, denn Suko hatte den Dienst auf seine Art und Weise quittiert.

Er war in Indien verschollen und versuchte, die Kraft seines Stabes zurückzugewinnen. Wann und ob ich ihn je wiedersehen würde, stand in den Sternen . . .

Ich hatte nicht meinen Chef, Sir James Powell, angerufen, und war zurück in die Wohnung gefahren. Das Apartment kam mir irgendwie leer und verlassen vor. Das konnte Einbildung sein, denn ich kam immer in eine leere Wohnung, nur fiel es mir an diesem kalten Winterabend besonders auf. Das Diskutieren mit meinem Freund Suko über einen Fall, der neue Dimensionen setzen sollte, hätte mir sicherlich gutgetan, aber der Inspektor war nicht greifbar.

Sollte ich Bill Conolly anrufen oder Jane? Obwohl sie Freunde waren, wollte ich sie nicht mit meinen Problemen belasten. Es reichte mir völlig, wenn sie hin und wieder in die Fälle mit einbezogen wurden. Das hier mußte ich allein durchstehen.

Noch jetzt überlief mich ein Schauer, wenn ich an die Begegnung mit dem Spuk dachte. Inmitten der schwarzen Wolke hatte ich einen ersten Hinweis bekommen, der in das Land der alten Israeliten führte. Was hatte diese Zeit mit dem fürchterlichen Tod des Menschen zu tun, bei dem ich Zeuge gewesen war?

Mir wollte das nicht in den Kopf. Zudem benötigte ich mehr Informationen, wobei ich leider nicht wußte, wie ich an sie herankommen sollte. Nicht daß ich nicht gewollt hätte, ich konnte einfach nicht. Der Spuk würde so leicht kein zweitesmal auftauchen.

Für eine Weile stand ich einfach da und schaute in den dunklen Nachthimmel, der auch über London wolkenklar war und prächtiges Sternenpanorama bot. Es war alles nicht einfach, das mußte ich leider zugeben.

Irgendwann ging ich zu Bett. Ich hatte dabei nicht auf die Uhr geschaut. Auch diese Nacht verging. Schlafen konnte ich zwar, wachte allerdings immer wieder auf, und dann drehten sich meine Gedanken einzig und allein um den neuen Fall.

Einmal hatte ich das Gefühl, vom Spuk besucht worden zu sein, es war jedoch nur das Zimmer, in dem sich die Schatten der Finsternis ausgebreitet hatten.

Ziemlich früh war ich auf den Beinen. Die Unruhe hatte mich aus dem Bett getrieben.

Beim Frühstück verbrannte ich mir die Lippen am heißen Kaffee, fluchte, aß noch eine dünne Schnitte Vollkornbrot mit Käse und stellte die benutzten Sachen in die Küche. Die Wohnung war mir zu klein geworden, da fiel mir die Decke auf den Kopf, und ich mußte hier einfach raus.

Ich nahm den Wagen, um beweglich zu sein. Zudem

war ich ziemlich früh, der Verkehr ballte sich noch nicht so schlimm wie eine Stunde später.

Deshalb kam ich gut durch, rechnete eigentlich damit, daß ich der erste in der Abteilung sein würde, aber ich hatte mich geirrt, denn Sir James war bereits eingetroffen, und auf meinem Schreibtisch lag schon eine Nachricht für mich bereit.

Eine Minute später war ich bei ihm.

Wir schauten uns an. Mein Chef nickte. Ich setzte mich, dann stellte er nur eine Frage. »Was ist in der Nacht passiert, John?«

»Es gab einen Toten.«

»Einen?« dehnte er.

Die Antwort machte mich mißtrauisch. »Sie sagen das so komisch, Sir. Wissen Sie mehr.«

»Ja, es gab noch einen zweiten Toten. Einen Mann namens Sheldon Danning. Auf einer Party brach er zusammen. Er starb, als er eine teerartige Masse ausbrach.«

Ich schloß für einen Moment die Augen. »Wie bei Scott Wilson in der Kirche.«

»Richtig.«

Ich war gefordert und gab meinen Bericht. Sir James hörte sehr genau zu, manchmal machte er sich Notizen, bis er sich dann zurücklehnte und mit der Bleistiftspitze auf mich zielte. »Daß dies kein Zufall ist, John, wissen wir beide genau.«

»Natürlich.«

»Ich gehe noch einen Schritt weiter. Dieser Sheldon Danning und auch Scott Wilson waren bei derselben Firma beschäftigt. Sie heißt Montrex.«

Ich überlegte einen Moment. »Sorry, aber die kenne ich nicht.«

»Ist auch keine Bildungslücke, John. Montrex

beschäftigt sich mit Bergbauarbeiten. Sie bauen Straßen und Tunnels. Da haben die Männer von Montrex einen guten Ruf. Sie sind auch weltweit engagiert.«

»Natürlich auch im Orient, im Alten Land.«

»Ja, auch dort.«

»Und dort kann es dann passiert sein.«

Sir James hob die Schultern. »Wenn wir den Erklärungen des Spuks Glauben schenken wollen, dann ja.«

»Weshalb sollte er uns angelogen haben?«

»Fragen Sie anders, John. Was steckt dahinter? Diese schwarze Masse, die beide Männer auswürgten, läßt dies nicht auf Aktivitäten des Spuks schließen?«

»Nicht unbedingt.«

»Erklären Sie mir das.«

Ich räusperte mich und verspürte einen wahnsinnigen Durst, den ich unterdrückte. »Im Prinzip haben Sie natürlich recht, Sir. Aber der Spuk kam, um mich zu warnen. Meiner Ansicht nach ist er indirekt an den Vorgängen beteiligt.«

»Und wie direkt?«

»Das weiß ich noch nicht, Sir, noch nicht. Ich bin der Meinung, daß wir einen Teil der Lösung bei dieser Firma Montrex finden können. Beide Tote waren dort angestellt, sicherlich nicht gerade in kleinen Positionen. Die müssen etwas gewußt haben! Ich bin bereits darauf eingestellt, auch andere Mitarbeiter dieser Firma zu befragen.«

»Ausgezeichnet.« Sir James runzelte die Brauen. »Was halten Sie eigentlich von der Untersuchung des Schlamms?«

»Darauf bin ich gespannt. Hat man Ihnen bereits Zeiten genannt, wann die Analyse Ergebnisse bringt?«

»Sie arbeiten daran.«

Ich schaute demonstrativ auf die Uhr. Mein Chef verstand das Zeichen. Über seine Lippen glitt ein Lächeln, als er den Arm ausstreckte, zum Telefonhörer griff und drei Zahlen eintippte. Er wurde mit der Forschung verbunden.

So ließen sich die Kollegen gern nennen, denn der Name Forschung verspricht auch heute noch immer etwas Besonderes. Um es vorwegzunehmen, wir erreichten nichts, es war noch zu früh, obgleich die Kollegen der Nachtschicht sofort mit den Untersuchungen begonnen hatten.

»Hat man Ihnen keinen Hinweis gegeben, Sir?«

»Nein, nur einen indirekten.«

Ich lächelte. »Und wie sah der aus?«

»Ich wunderte mich über den Klang der Stimme. Der Kollege schien mir überrascht und unsicher zugleich zu sein. Ich könnte mir vorstellen, daß er eine solche Analyse nicht jeden Tag vornimmt. Oder noch nie so etwas erlebt hat.«

Starke Worte, denen ich nicht widersprach, mich im nächsten Moment wunderte, als Sir James vorschlug, in die Kantine zu gehen, um dort einen Kaffee zu trinken. »Ich muß auch eine Kleinigkeit essen«, fügte er noch hinzu.

In der Kantine saßen die Kollegen von der Nachtschicht. Rotgeäderte Augen, oft blasse Gesichter. Sie hockten stumm vor ihren Tee- oder Kaffeetassen und schlürften sie leer.

Ich trank Kaffee, Sir James auch, aber einen sehr magenfreundlichen, wir nahmen uns jeder einen Sandwich, der mit frischem Schinken belegt war, und genossen unser Mahl.

Von einer Stimmung innerhalb der Kantine konnten wir kaum sprechen. Wenn, dann wirkte sie mies, nur die Frauen hinter der Theke hatten ausgeschlafen.

Mein Chef saß mir gegenüber. Jeder von uns wußte, daß etwas in der Luft lag, nur wollte keiner so recht mit der Sprache heraus. Ich rauchte eine Zigarette und schaute den blauen Wolken nach. Wenn ich mich bewegte, knarrte der Stuhl. Er gehörte schon zu den älteren Modellen.

Alt würden auch wir aussehen, wenn es uns nicht gelang, den Fall zu lösen. Daß sich etwas Gewaltiges anbahnte, brauchte ich Sir James gegenüber nicht extra zu erwähnen, das wußte er auch so.

Öfter als gewöhnlich schaute er auf seine Uhr. Zu langsam rann die Zeit dahin. Er dachte an die Naturwissenschaftler, auch ich hoffte mit ihm.

»Noch eine Tasse Kaffee, Sir?«

»Nein, danke, eine reicht.«

Ich nahm Nachschub. Als ich mich wieder setzte, sprach ich Sir James direkt an. »Sie waren ebenfalls schon sehr früh auf den Beinen, Sir. Hatten Sie da einen besonderen Grund?«

Er verzog den Mund. »Was heißt Grund? Ich spürte eine innere Unruhe, die mich nicht schlafen ließ. Ich mußte einfach ins Büro, denn dort fühlte ich mich besser aufgehoben.«

»Kann ich verstehen.«

Die Kollegen der Nachtschicht waren verschwunden. Wir saßen fast allein in dem großen Raum. Bis zum ersten Ansturm würde es dauern. Sir James aber wollte nicht auf den Durchruf warten. Er stand plötzlich auf und nickte mir zu.

»Sie wollen selbst hin?«

»Kommen Sie mit, John!«

Wir gingen durch die kahlen Gänge dieser unterirdischen Yard-Welt. Manchmal kam ich mir vor wie in einem Film aus den sechziger Jahren, wo der Agent immer versucht, die Welt zu retten und sich dabei in geheimnisvollen Forschungslabors herumtreibt.

Sir James gehörte zu den Mitarbeitern, die überall Eintritt hatten. Auch jetzt hielt uns niemand auf. Über Telefon meldeten wir uns im Büro des Forschungsleiters an und durften eintreten. Wir warteten inmitten einer Unordnung aus zahlreichen Papieren, die verstreut auf dem Schreibtisch und den Sitzmöbeln lagen. Der Monitor eines Rechners schaute mich leer an. Seine graugrüne Fläche wirkte auf mich so deprimierend wie der gesamte Morgen.

Meine Gedanken beschäftigten sich auch mit Suko, der irgendwo in Indien herumsuchte. Keiner von uns wußte, wo er sich aufhielt, auch von Mandra Korab hatten wir nichts gehört.

Professor Madison hieß der Chef dieser Abteilung. Als er kam, hielt er in der rechten Hand eine Tüte mit Milch. Er begrüßte uns und trank einen Schluck. »Den hatte ich nötig, Gentlemen.«

»So schlimm?« fragte ich.

Er setzte sich. »Sagen wir rätselhaft.«

Ich holte zwei Stühle für Sir James und mich heran. Wir nahmen Platz und schauten uns an.

Professor Madison fuhr durch sein braunes Haar. »Dieser ungewöhnliche Schlamm«, sagte er, »bereitet uns in der Tat einige Probleme. Ich kann auf eine lange Reihe von Erfahrungen zurückblicken, das müssen Sie mir glauben, doch dieser Schlamm hat uns alle vor gewisse Rätsel gestellt.«

Ich spannte mich. »Inwiefern?«

»Ganz einfach. Er hielt unseren Analysemethoden nicht stand. Wir fingen mit den normalen Untersuchungen an, darüber möchte ich nichts sagen, weil es sich nicht lohnt. Allerdings bekamen wir kein Ergebnis. Obwohl eine Masse vorhanden war, zeigten unsere Apparate nichts an. Können Sie das verstehen?«

Wir verneinten.

Professor Madison schaute auf seine Schreibtischplatte. »Wir konnten es auch nicht, gaben aber nicht auf und versuchten die anderen Methoden anzuwenden. Die Laseranalysen hätten uns bestimmt Aufschluß gegeben, davon war jeder Mitarbeiter überzeugt.«

»Sie haben es auch nicht geschafft, Professor?«

»Richtig, Mr. Sinclair. Wir haben es nicht geschafft. Es war ein Schuß in den Ofen.«

Ich wunderte mich trotzdem. »Überhaupt kein Ergebnis? Das kann doch nicht wahr sein.«

»Stimmt aber. Wir schossen mit Licht gegen die Proben. Sie verdampften, was auch natürlich war, aber es gab keine Anzeigen, keine Meßergebnisse. Wir haben auf eine bestimmte Fläche der zu analysierenden Probe gezielt, und was passiert? Die gesamte Probe verdampfte. Sie löste sich auf, wurde zu einer Wolke, die wegtrieb. Das ist es, was ich nicht begreife, meine Herren.« Ich schaute meinen Chef an, der nachdenklich auf einem Stuhl hockte und das Kinn gegen die Handfläche gestützt hatte. Der Blick hinter den dicken Gläsern der Brille hatte sich verändert, er war ins Leere oder nach innen geglitten.

»Was sagen Sie, Sir James?«

»Professor, ich glaube Ihnen.«

»Es bleibt Ihnen auch nichts anderes übrig.«

»Aber was geschah mit dem Material, das ja nur seinen Zustand gewechselt hat?«

»Nur seinen Zustand gewechselt, Sir? Nein, so einfach ist das nicht. Es verschwand nämlich. Verstehen Sie das? Kaum hatte der Laserstrahl die Probe berührt, da war sie weg.«

»Der Dampf löste sich auf?«

»Ja.«

»Und Ihre Apparate zeigten nichts an.«

»So ist es.«

»Schließen Sie trotzdem etwas daraus?« erkundigte ich mich bei dem Wissenschaftler.

»Da müßten Sie mich eigentlich etwas Leichteres fragen, Mr. Sinclair. Es ist alles nicht einfach für uns. Wir befinden uns in einem naturwissenschaftlichen Vakuum. Ich habe keine Erklärung, ich kann Ihnen nicht sagen, aus welchen Stoffen sich die Probe zusammensetzt. Ein Kollege sagte schon, es könnte eine auf der Erde unbekannte Masse sein. Worüber keiner von uns lachte. Man nahm die Worte sehr ernst. Ich möchte Sie fragen, wo Sie den Schlamm fanden?«

Sir James erklärte es ihm.

Professor Madison war überrascht. Er schüttelte den Kopf und flüsterte immer wieder, wie unglaublich das alles wäre. Er wollte es nicht fassen, sein analytisch arbeitender Verstand weigerte sich einfach. »Dann war es etwas Organisches«, flüsterte er. »Ein Schlamm, der sich im Körper eines Menschen gebildet hat. Hören Sie, ich bin kein Mediziner, aber das kann ich mir schlecht vorstellen.«

»Wir auch nicht, Professor.«

»Es tut mir leid, Sir James, daß ich Ihnen kein Resultat liefern konnte, aber wie geht es weiter?«

»Haben Sie als Wissenschaftler die Flinte ins Korn geworfen?«

»Nein, das nicht.«

»Dann nehmen Sie sich bitte den Schlamm noch einmal vor. Möglicherweise finden Sie irgendeinen Hinweis, der uns weiterhelfen könnte. Alles andere ist unwichtig.«

»Haben Sie eine Spur?«

»Sie wissen, womit sich unsere kleinere Abteilung beschäftigt?«

»Das hat sich herumgesprochen.«

»Würden Sie dann akzeptieren, daß es sich möglicherweise um einen dämonisch beeinflußten Schlamm handelt? Um eine Masse, die uns bisher völlig unbekannt war?«

»Akzeptieren, fragen Sie?« Der Professor überlegte einen Moment und spielte mit einem Kugelschreiber. »Ich muß es wohl akzeptieren, Gentlemen. Als Wissenschaftler kann ich Ihnen dazu allerdings nichts sagen. Da weigert sich mein Verstand einfach.«

Das konnten wir ihm nicht übelnehmen. Er wußte auch nichts mehr zu sagen, und wir hatten ebenfalls unsere Probleme, ein Gespräch in Gang zu halten.

Sir James erhob sich. »Es bleibt dabei, daß Sie versuchen die Analysen weiterzuführen.«

»Versuchen ist gut.«

Wir reichten dem Mann die Hand, die ziemlich blaß aussah. Für ihn war eine Welt zusammengebrochen. Bisher war er den Kräften der Natur auf den Fersen geblieben, nun mußte er erkennen, daß es etwas gab, das ihm über war.

Im Aufzug sprach mich Sir James wieder auf dieses Thema an. Er hatte sich natürlich seine Gedanken gemacht. »Material verdampft zu dunklen Wolken, John. Ich gehe davon aus, daß dies auf eine bestimmte Sache hindeutet.«

»Der Spuk!«

»Daran dachte ich auch.«

Ich überlegte. Der Spuk ist ein gestaltloses Wesen, eine schwarze Wolke, obwohl er das nicht immer war. Er hatte sich im Laufe der Zeit dazu entwickelt. Sollte dieser Schlamm etwa der Spuk oder Reste des Spuks in fester Form sein, die sich sofort wieder auflösten, wenn sie untersucht wurden?

Ich sah keine andere Möglichkeit und redete auch mit meinem Chef darüber.

Der nickte einige Male. »An das gleiche habe ich auch gedacht. Kommen Sie in mein Büro. Dort können wir über die Hintergründe reden und über Dinge, die ich mir vorgestellt habe.«

Glenda war mittlerweile eingetroffen. Bei ihr bestellte Sir James frischen Kaffee. Sie brachte mir eine Tasse, während unser Chef sein Wasser trank.

Nach langer Krankheit war Glenda wieder okay. Sie sah schick aus in ihrem engen Stretchrock und dem gelben Pullover mit den Fledermausärmeln. Über der linken Brust klemmte als Schmuck ein großer schwarzer Käfer mit silbrig schimmernden Beinen.

Normalerweise hatte ich einen Scherz auf den Lippen, wenn ich sie am Morgen sah. Diesmal konnte ich sie nicht locker begrüßen. Sie merkte selbst, daß etwas nicht stimmte, ihr Lächeln wirkte verkrampft. Und sie fragte nur, ob wir in Ordnung wären.

»Alles klar.«

»Ist was mit Suko?«

Ich winkte ab. »Nein, Glenda, noch keine Nachricht.«

Sie ging wieder. Als sie sich an der Tür umdrehte, zwinkerte ich ihr kurz zu. So völlig deprimiert wollte ich sie doch nicht ziehen lassen.

Der Kaffeeduft stieg in meine Nase, und Sir James nahm einen Schluck von seinem Wasser. »Wenn wir von einer Spur reden wollen, John, dann gibt es nur eine.«

»Die Firma Montrex.«

»Genau das ist es.«

»Beide Männer haben für Montrex gearbeitet. Der Job führte sie in den Orient . . .«

»Wo Krieg herrscht.«

»Leider«, murmelte ich. »Aber nicht in den Irak oder nach Kuweit. Sie waren in Jordanien und bewegten sich auf biblischem Gelände, wenn ich das mal so sagen darf.«

Der Superintendent beugte sich vor. »Dort, John, stand die Wiege der Menschheit, die Kultur. Dort sind die Gebiete mit der unwahrscheinlichen Vergangenheit. Glauben Sie persönlich, daß diese Vorfälle etwas damit zu haben?«

»In gewisser Hinsicht schon, Sir. Weshalb hat sich Montrex dort engagiert?«

Sir James lehnte sich zurück. »Montrex ist eine Firma, die sich mit dem Bergbau beschäftigt. Sie graben Schächte, sie sind Spezialisten, was den Bergbau und die damit verbundenen Großbaustellen angeht. Welchen Auftrag sie genau durchführten, entzieht sich meiner Kenntnis. Aber Sie werden bestimmt dort nachhaken.«

»Darauf können Sie sich verlassen.«

Über das Gesicht meines Chefs huschte ein Lächeln. »Ich habe hier den Namen eines Mannes, an den sollten Sie sich wenden. Er ist Assistent des ums Leben gekommenden Sheldon Danning und heißt Brett Hawkins. An ihn sollten Sie sich wenden.«

»Das werde ich, Sir. Wissen Sie, wo ich ihn finden kann?«

»Versuchen Sie es in der Firma. Sie hat ihren Sitz in der Nähe von Windsor.«

»Okay, ich werde dann fahren und halte Sie auf dem laufenden.«

»Natürlich.«

Mein Gewissen war zwar rein, dennoch hatte ich ein verdammt ungutes Gefühl, als ich mich auf den Weg machte. Ich kam mir vor wie in einem Kessel, der erhitzt wurde und dessen Ladung allmählich anfing zu brodeln.

Das merkte auch Glenda, die mich etwas fassungslos anschaute. »John, was hast du?«

»Nichts. Tu mir einen Gefallen und such mir die Telefonnummer der Firma Montrex heraus.«

»Klar.«

Sie verschwand. Ich holte mir eine Tasse Kaffee, trank langsam und grübelte.

Sosehr ich auch nachdachte, zu einem Ergebnis kam ich nicht. Weiterhelfen konnte mir jetzt nur noch ein Mann namens Brett Hawkins. Hoffentlich stellte er sich nicht stur . . .

Es war unmöglich, Brett Hawkins in seiner Firma zu erwischen. Nach einigen Telefonaten hatte ich ihn dann doch erreicht. Und zwar in der Privatwohnung seines ermordeten Vorgesetzten.

Begeistert von meinem Vorschlag war er nicht, wollte erst radikal ablehnen, überlegte es sich dann anders und verabredete sich mit mir zum Mittagessen in einem Londoner Lokal nahe des Piccadilly, was mir sehr entgegenkam.

An der Theke sollte der eine auf den anderen warten. Ich war früher da, nahm einen alkoholfreien Drink und saß ihm eine Viertelstunde später am Tisch gegenüber.

Brett Hawkins war noch jünger. Er wirkte sehr dynamisch und machte den Eindruck eines Abenteurers mit seiner sonnenbraunen Haut und dem wilden Blondhaar. Der Anzug paßte nicht so recht zu ihm. Ich konnte ihn mir besser in Arbeitskleidung vorstellen. Ringe unter den Augen zeigten an, wie wenig er geschlafen hatte.

Er sah mich als einen normalen Polizisten an, der sich um gewisse Probleme kümmerte, aber den Zahn zog ich ihm sehr schnell. Als er eingeweiht war, betrachtete er mich mit ganz anderen Augen und fragte, was ich wissen wollte.

»Alles!«

Mit der Gabel pickte er eine Krabbe aus dem Salat. »Das ist natürlich nicht so ohne weiteres zu erfüllen.«

»Springen Sie über Ihren eigenen Schatten. Ich rechne fest damit, daß die Ursachen nicht hier zu suchen sind, sondern im Orient. Dort haben Sie doch gearbeitet.«

»Stimmt. In Jordanien.«

»Da wären wir schon weiter.«

»Möglich.«

»Was haben Sie getan?«

Er schaute mich scharf an. »Zunächst einmal hat die Montrex nichts mit Waffentransporten und irgendwelchen krummen Geschäften zu tun. Wir sind gerufen worden, um uns um einen bestimmten Berg zu kümmern.«

»Wollten Sie ihn abräumen?«

»Ja und nein. Es sollte probiert werden, ob sich in dem Berg bestimmte Metalle finden lassen. Es ging um Erz.«

»Wie hieß das Metall?«

»Gold.«

Ich aß von meinen Forellen und kaute langsam. »Seit wann gibt es dort Gold?«

»Das kann ich Ihnen auch nicht sagen. Es ist auch nicht sicher. Wie standen erst am Beginn der Arbeiten.

Der Berg heißt ebenso wie der kleine Ort, nämlich Anat. Unsere Firma ist auf so etwas spezialisiert, aber wir haben die Arbeiten wegen des Golfkrieges abgebrochen und sind wieder zurückgekehrt.«

»Ist das alles?«

»Im Prinzip schon.« Er senkte den Blick, für mich ein Zeichen, daß er mir etwas verschwieg.

»Das kann ich Ihnen nicht glauben, Mr. Hawkins. Wenn Sie nur normal gearbeitet hätten, wären diese fürchterlichen Todesfälle nicht geschehen. Meiner Ansicht nach muß mehr dahinterstecken.«

»Was denn?«

»Das will ich von Ihnen wissen.«

Er winkte ab. »Sie irren sich, Mr. Sinclair. Wir haben normal gearbeitet.«

»Passierte nichts?«

Hawkins bewegte seinen Kopf. »Was heißt passieren? Natürlich gab es Schwierigkeiten. Das Gestein war außergewöhnlich widerstandsfähig, wir hatten unsere Mühe. Es ging nicht alles glatt. Viele Arbeiter bekamen Angst. Um genauer zu sein, sie sind uns davon gelaufen. Zudem passierten rätselhafte Todesfälle, was die Bewohner von Anat aufschreckte und sie wieder an die alten Legenden erinnerte.«

»Welche?«

Hawkins wollte lachen, es mißlang ihm. Wahrscheinlich glaubte er selbst daran. »Wir haben uns auf uraltem Gelände bewegt, Mr. Sinclair. Sie wissen selbst, wie das ist. Dort unten stand die Wiege der Menschheit. Drei große Religionen leiten ihren Ursprung dorther. Uns ging es nicht um das Judentum, den Islam oder um die Christen, aber nicht alle dachten so. Man erklärte uns, daß wir uns auf dem Gebiet des biblischen Kanaan bewegten. Obwohl die alttestamentarischen Propheten die Religion der Kanaaniter anprangerten und deren Götzenkult verfluchten, war er nicht wegzukriegen.«

»Genauer bitte.«

»Okay, dieser Berg, an dem wir arbeiteten, soll in grauer Vorzeit einmal heilig gewesen sein. Das war noch bevor sich die Israeliten formierten, vor der Zeit Abrahams, als die kanaanitische Religion sehr verbreitet war und man schlimme Opferorgien feierte, denn es gab dort gewisse Götter . . .«

»Baal.«

»Auch.«

»Und weiter?«

Er schob seinen Teller zur Seite. »Was fragen Sie mich da! Wissen Sie nicht selbst viel besser darüber Bescheid?«

»Das kann sein. Ich möchte es aber von Ihnen hören, falls man Ihnen den Namen einer bestimmten Gottheit genannt hat.«

»Ja, das hat man.« Sein Blick verlor sich. »Sagt Ihnen der Name Astarte etwas?«

Ich war überrascht. »Die Himmelsgöttin?«

»So wird sie auch genannt, glaube ich. Und sie besitzt auch andere Namen.«

»Richtig, Mr. Hawkins.« Ich zählte auf. »Astarte, Ischta, Aschera und Anat.« Bei dem letzten Namen stutzte ich. »Moment mal, wie hieß der Ort noch?«

»Genau so.«

»Und der Berg heißt ebenfalls Anat.«

Hawkins seufzte schwer. »Sie haben es erfaßt. Man warnte uns im Ort davor. Es wäre schrecklich, wenn wir den Berg angriffen. In der Bibel ist Aschera als Gemahlin Baals bezeichnet worden, und dieser Götze war fruchtbar.«

»Da stimme ich Ihnen zu.«

»Wir haben natürlich über die Warnungen gelacht und fingen trotzdem an. Unser Gerät ist noch unten, wir haben die Baustelle nur bis zum Ende des Krieges verlassen.«

»Wovor warnte man Sie genau?«

»Vor der Beschädigung des Berges. Man erklärte uns, daß es so wäre, als würden wir in den Körper der Göttin Astarte hineinschneiden. Und dafür würde sich Aschera furchtbar rächen.«

Ich schaute ihn ernst an, bevor ich fragte: »Hat sie das nicht schon getan?«

Er wollte meine Worte nicht bestätigen. »Nun ja, es kann Zufall gewesen sein . . .«

»Nein, Mr. Hawkins, das ist es nicht. Es war kein Zufall. Aber ich frage mich, weshalb Sheldon Danning und Scott Wilson gestorben sind und man Sie verschont hat?«

Brett Hawkins verzog die Lippen. »Was meinen Sie, wie oft ich mich das schon gefragt habe.«

»Und die Lösung?«

Er winkte ab. »Es gibt eigentlich nur eine sehr schwache, die aber richtig sein kann. Ich habe mich nicht aktiv an den Arbeiten an der vordersten Front beteiligt. Das heißt, ich habe den Tunnel nicht betreten, der in den Berg führt.«

»Die beiden anderen schon?«

»Sicher, Mr. Sinclair.«

»Und wer noch, bitte?«

»Das kann ich Ihnen nicht sagen. Die Arbeiter wohl nicht. Sie waren Einheimische, sie hatten furchtbare Angst vor Ascheras Rache. Sie rechneten mit einer Rückkehr dieser Göttin, denn sie gehen davon aus, daß sie in diesem Berg Anat ihr Grab gefunden hat. Das ist praktisch die ganze Geschichte in groben Umrissen. Ich hätte gern mehr darüber gewußt, doch wir wurden von der Zentrale abbberufen und mußten wieder zurück nach England.«

Ich schaute gegen meinen Teller, auf dem noch Reste lagen. »Das Erwachen der Göttin«, murmelte ich.

»Glauben Sie daran?«

»Ja, Mr. Hawkins.«

Er lachte mich aus. »Entschuldigen Sie, aber da sollten Sie realistischer sein.«

»Das bin ich.«

»Ändern können Sie nichts mehr, Mr. Sinclair.«

»Ich weiß, die beiden Toten können wir nicht mehr ins Leben zurückholen, aber ich glaube, daß wir größeres Unheil verhindern können, wenn wir uns direkt mit dem Fall beschäftigen.«

»Wie meinen Sie das denn?«

»Ich möchte nach Jordanien reisen.«

Er verschluckte sich fast, nahm die Serviette und tupfte über seine Lippen.

»Sie wollen jetzt in dieses Land? Wissen Sie, was sich dort abspielt?«

»Ich lese Zeitung und sehe fern. Außerdem höre ich zwischendurch Radio.«

»Jordanien liegt zwischen Israel und dem Irak . . .«

»Das ist mir alles bekannt, aber ich werde hinfahren, Mr. Hawkins. Was Sie mir gesagt haben, ist furchtbar, und ich bin der Überzeugung, daß wir erst am Beginn stehen.«

»Wie soll das Ihrer Meinung nach weiterlaufen?«

»Ein Erwachen der Göttin. Sie haben ihre Ruhestätte angekratzt, das kann sie nicht hinnehmen, und sie wird irgendwann erscheinen, glauben Sie mir.«

Brett Hawkins wußte nicht, was er sagen sollte. Wahrscheinlich hielt er mich für einen Spinner, schaute mich auch dementsprechend an, traute sich aber nicht, etwas darüber zu sagen.

»Werden Sie mich begleiten, Mr. Hawkins?«

Er zuckte zusammen, als hätte er einen Hieb mit der Peitsche bekommen. »Ich soll Sie . . .?«

»Ja, Sie kennen sich aus. Es ist keine Schande, wenn wir gemeinsam hinfahren. Nur wir beide, Mr. Hawkins. Sie könnten mir ein guter Führer sein.«

Brett Hawkins war sprachlos. Mit diesem Vorschlag mußte er sich zunächst einmal anfreunden, was ihm wohl nur schwer gelang, denn er wußte nicht, wie er sich verhalten sollte.

Mal schaute er mich an, dann zur Seite, hob die Schultern und hörte meine Forderung. »Ich warte auf Ihre Antwort, Mr. Hawkins.«

»Die kann ich nicht geben.«

»Ach ja?«

»Da müssen sie sich mit der Montrex auseinandersetzen. Von ihr werde ich bezahlt.«

»Das sollte kein Hindernis sein.«

Ihn überraschte meine Sicherheit. Hawkins wollte wissen, was ich in Anat zu suchen hatte.

»Das will ich Ihnen sagen. Ich möchte das Erwachen dieser Person verhindern.«

»Sie glauben tatsächlich an die Göttin?«

»Ja.«

»Wie das?«

»Auch vor Tausenden von Jahren hat man sich nicht alles aus den Fingern gesaugt. Es gibt dort sehr viele Wahrheiten, Mr. Hawkins, verlassen Sie sich darauf.«

»Dann sind Sie ein Kenner der Materie?«

»Nicht unbedingt. Aber ich habe in meiner Laufbahn leider feststellen müssen, daß es Dinge gibt, die angeblich verschollen waren, dann aber hervortraten und das

Grauen brachten. Ich möchte nicht, daß Astarte diese Chance bekommt.«

Er blickte mich an, dachte nach und fragte: »Was macht Sie so sicher, Mr. Sinclair?«

»Ich weiß es eben.« Natürlich hütete ich mich davor, von meiner Begegnung mit dem Spuk zu sprechen. Er war der Joker in diesem Spiel. Noch wußte ich nicht, wie er sich verhalten würde. Es konnte durchaus passieren, daß er sich auf die Seite der Göttin stellte. Dann sah ich nicht gut aus.

»Ich sehe ein, daß Sie auf meine Hilfe angewiesen sind. Zumindest was die äußeren Bedingungen angeht, und ich werde auch mit Ihnen fahren. Sie sollen nicht denken, daß ich Angst hätte.«

»Vielen Dank.«

»Moment, Mr. Sinclair, so weit sind wir noch nicht. Ich muß Ihnen da noch von einigen Dingen berichten, die mir aufgefallen sind.«

»Bitte.«

»Es geht um die Bewohner von Anat. Ich habe sie kennengelernt, als wir eintrafen, ich lernte sie auch weiter kennen, als wir anfingen, und ich erlebte ihre Verwandlung, als wir den ersten Schacht in den verdammten Berg bohrten. Da waren sie plötzlich anders zu uns. Da haben sie sich um einhundertachtzig Grad gedreht. Zunächst verhielten sie sich neutral, später aber nicht. Da schlugen sie sich auf die andere Seite, wenn Sie verstehen.«

»Auf die der Göttin.«

»Meinetwegen sehen Sie es so. Sie rührten nichts mehr an. Sie wirkten wie verwandelt, sie gingen wie unter einer schweren Last. Sie sprachen von dem Unheimlichen, von Opfern, die gebracht werden müßten, von Tod und dem großen Feuer, das der Berg ausspeien würde. Die Göttin ist gereizt worden. Ihre Rache würde schrecklich sein. All das haben wir zu hören bekommen.«

»Und hoffentlich nicht darüber gelächelt?«

»Einige von uns.«

»Das war ein Fehler, Mr. Hawkins.«

»Allright, heute sehe ich es auch so. Aber versetzen Sie sich in unsere Lage. Wir sind Techniker und keine Völkerkundler. Es ging sogar so weit, daß keiner mehr für uns arbeiten wollte. Die angeheuerten Kräfte kehrten einfach nicht mehr zurück. So, und jetzt sind Sie an der Reihe.«

»Ist das ein Wunder?«

»Wie meinen Sie das?«

»Mr. Hawkins. Diese Menschen haben ihre Geschichte nicht vergessen. Worüber viele von uns lachen, ist blutiger Ernst. Das müssen Sie begreifen.«

»Ungern.«

»Spielt keine Rolle.«

Er atmete tief aus und nickte mir zu. »Meine Güte, Mr. Sinclair, Sie schaffen es wirklich, einen Menschen umzudrehen.«

»Sagen Sie John zu mir.«

»Ich heiße Brett.«

»Okay. Wann werden wir fliegen können?«

»Noch landen Flugzeuge in Amman«, murmelte er. »Montrex hat dort eine kleine Filiale, wo vor allen Dingen Gerät gelagert wird, obwohl sich das meiste am Berg befindet. Aber in der Niederlassung können wir uns mit allem versorgen, was wir benötigen.«

»Das ist schon ein Vorteil.«

Er nickte. »Wir werden gut durchkommen, davon bin ich überzeugt. Aber unsere wahren Feinde werden die Menschen sein. So gastfreundlich die Jordanier sich früher auch gezeigt haben, die Bewohner von Anat werden sich genau konträr verhalten.«

»Haß?« fragte ich.

»Und wie.«

Ich trank mein Glas leer. Das Mineralwasser prickelte im Hals. »Wir werden sehen . . .«

Es war Winter und noch nicht so heiß in Jordanien, einem leeren Land mit weiten Wüsten, kahlen Bergen, zahlreichen Flüchtlingen und damit mit Problemen behaftet, die das Land allein nicht lösen konnte. Zudem nahm es die Funktion eines Pufferstaats ein und mußte sich wie auf dem Pulverfaß vorkommen, dessen Lunte bereits glühte und sich immer weiterfraß.

Wir hatten keine Schwierigkeiten mit der Einreise gehabt, das war über geheime und diplomatische Kanäle geregelt worden. Der Empfang war sehr kühl gewesen, kein Wunder, die Menschen hier waren auf die Briten nicht gut zu sprechen.

In der Filiale hatten wir uns mit einem Fahrzeug und genügend Proviant eingedeckt.

Auf den Wagen konnten wir uns verlassen. Es war der mit dem guten Stern und für das Gelände sehr gut geeignet. Zudem besaß er eine geschlossene Ladefläche, und wir bewegten uns in Richtung Südwesten.

Es war eine Fahrt in die Wüste, den blaugrauen Schatten eines Gebirges entgegen.

Soldaten sahen wir nicht. Wir waren zweimal nahe der Hauptstadt Amman kontrolliert worden, besaßen aber Permitts, die uns als VIPs auswiesen.

Wüste, Staub, Hitze und ein Donnern über unseren Köpfen, das nie abreißen wollte, denn die Piloten der Jordanischen Armee flogen pausenlos ihre Einsätze. Sie wollten die Kontrolle über ihren Luftraum nicht verlieren.

Von den Flüchtlingsströmen sahen wir nicht viel. Hin und wieder überholten wir mit Menschen vollbesetzte Lastwagen und auch mal einen Militärtransporter.

Hawkins war ein guter Fahrer. Zudem kannte er die Strecke, ich konnte mich ihm also anvertrauen.

Unter dem Wagen befand sich ein Schnellfeuergewehr. Durch zwei Haken wurde es gehalten. Das hatte mir mein Begleiter erklärt und hinzugefügt, daß man einfach eine Waffe bei sich haben mußte. Er holte sie hervor, als wir eine Pause einlegten.

Noch vor Anbruch der Dunkelheit würden wir unser Ziel erreicht haben. Jetzt, um die Mittagszeit, schienen die blaugrauen Bergkämme kaum nähergerückt zu sein, obwohl wir schon eine Weile unterwegs waren.

Er zeigte mir das Gewehr. »Ein amerikanisches Modell, John. Sehr handlich und sehr präzise.«

»Ja, das sehe ich.«

Brett grinste. »Begeistert sind Sie nicht – oder?«

»Nun ja, ich bin kein Waffennarr. Ich sehe sie lieber verschrottet.«

»Manchmal kommt man ohne sie nicht aus.«

»Das stimmt leider.«

Wir tranken noch lauwarmen Tee und fuhren weiter. Ab und zu sahen wir Dörfer oder kleinere Ortschaften. Sie wirkten wie staubige Oasen inmitten der Leere.

Nach zwei weiteren Stunden Fahrzeit veränderte sich die Umgebung. Die Piste stieg an. Sie wand sich in die kahlen Berge hinein. Was hier an Vegetation gedieh, mußte mehr als genügsam sein, und ein frisches Grün sahen wir nicht.

Dafür den Berg!

Brett Hawkins zeigte ihn mir. »Da, schauen Sie nach vorn. Dieser dunkle Kegel, der zwischen zwei anderen hochragt, das ist er. Interessant, nicht wahr?«

»Da haben Sie recht.«

Ich war zwar nicht gerade fasziniert, aber doch angetan, denn Anat besaß tatsächlich eine andere Form als die ihn umgebenden Berge. Er war höher und spitzer, als wollte er durch seinen Wuchs dokumentieren, wer hier das Sagen hatte.

»Die Heimat der Göttin. So sagen die Einheimischen.« Hawkins hob die Schultern. »Mal sehen, ob sie recht behalten.«

»Das werden sie wohl.«

Er schaute mich von der Seite an, sagte aber nichts, und wir fuhren weiter.

Unsere Kleidung war der Umgebung angepaßt. Hose, Hemd, Weste und einen Hut als Sonnenschutz trug ich. Die Jacke hatte ich in den Laderaum gelegt, die brauchte ich tagsüber nicht. Nur in der Nacht, wo es bitterkalt werden konnte.

Eine Bergpiste brachte uns dem Ziel näher. Manchmal war sie sehr schmal und führte hin und wieder haarscharf an Abgründen entlang, die durch keine Planke gesichert waren.

Der Berg erschien mir jetzt zum Greifen nahe. Und wir befanden uns auch in einem Hochtal, das wir nicht verlassen würden, wie mir Brett erklärt hatte. Und in dem weiten Hochtal befand sich vor dem Anat das Camp der Firma Montrex.

Die Wohncontainer wirkten verhältnismäßig klein im Vergleich zu den mächtigen Baggern und den gewaltigen Schaufeln, die sich in den Berg hineinfressen konnten.

Selbst aus dieser Entfernung konnte ich erkennen,

daß bereits einiges abgeräumt war. Brett Hawkins fuhr bewußt langsamer, damit ich alles aufnehmen konnte.

»Hätten Sie es sich so vorgestellt, John?«

»Nein, nicht so mächtig.«

»Das müßte aber gemacht werden.«

»Und das Material vergammelt jetzt?«

»Wenn der Krieg sehr lange dauert, bestimmt. Aber darüber soll sich der Vorstand mit der Versicherung streiten, ist nicht mein Bier.« Er fuhr wieder schneller und in eine Kurve hinein. Als wir sie verließen, schauten wir auf das Dorf Anat, deren Häuser wie weißgelbe oder bräunliche Würfel wirkten, die eng beisammenstanden und nur Platz für schmale Gassen ließen.

Ich sah nur wenige Menschen vor den Häusern. Wie tot wirkte der kleine Ort.

»Was wundert Sie, John?«

»Ist Anat verlassen worden?«

»Nein, warten Sie die Dämmerung ab.«

Wir rollten nicht direkt durch den Ort, sondern an ihm vorbei. Unser Ziel waren die Wohncontainer, wo sich Brett Hawkins niederlassen wollte.

Vier standen zur Verfügung. Sie alle waren aufgebrochen worden. In ihrem Innern herrschte ein wüstes Durcheinander. Hier hatten die Menschen ihren Haß gegen die Fremden ausgelassen.

Die Zimmer waren klein. Die Klimaanlagen funktionierten nicht mehr. Die Luft war kaum zu atmen.

Voller Wut trat Hawkins gegen einen Lampenschirm. »Wie stehen auf verlassenem Posten, John. Von keiner Seite können wir Hilfe erwarten. Das wird hart.«

»Ich glaube auch.«

»Wie schön für Sie. Haben Sie auch einen Plan?«

»Sicher. Ich würde mir den Berg oder den Schacht gern aus der Nähe ansehen.«

»Das läßt sich machen. Sofort?«

»Ja.«

Wir verließen den Container. Das Gestein des Bergs Anat sah dunkel aus, als hätte sich über seinen Hang ein tiefer Schatten gelegt, der niemals weichen würde.

Wir fuhren mit dem Wagen und passierten die Abraumhalden. Im Vergleich zu den gewaltigen Baggern und Bohrern wirkten wir winzig wie Ameisen. Hinzu kam der Schatten des Berges, der eine gewisse Kühle vermittelte.

»Wir haben den Stollen natürlich abgestützt. Es kann Ihnen also nicht viel passieren.«

»Darauf habe ich auch gehofft.«

Über einen mit Steinen bedeckten Platz näherten wir uns dem Ziel. Ein gewaltiges Förderband lag still. Manchmal streifte uns ein warmer Windstoß, und hoch am Himmel hörten wir das pfeifende Dröhnen der Flugzeuge.

Es war sicherlich nicht einfach gewesen, die Maschinen herzuschaffen. Richtig hell konnte es wohl auch nicht werden, dazu warf der Berg einen zu großen Schatten.

Ich sah auch den Eingang des Stollens und deutete in diese Richtung. »Das ist gut, Brett. Ich werde mir den Berg mal von innen anschauen, wenn Sie gestatten.«

»Jetzt schon?«

»Ja.«

Er wollte etwas sagen, hob dann die Schultern und folgte mir. Ich schritt vorbei an dem langen Förderband. Der Staub schmeckte wie altes Metall. Hier zeigte sich kein Leben. Nicht ein Baum oder Strauch wuchs in der Nähe.

Durch mächtige Hydraulik-Stempel war der Stollen abgestützt worden. Ich fand nicht heraus, wie tief er in den Berg hineinstach, der Masse des abgeräumten Gestein nach zu urteilen, mußte er doch eine ziemliche Länge aufweisen.

Auf einmal war der Mann da!

So schnell und plötzlich, daß ich mich erschreckte. Wo er genau gelauert hatte, war für mich nicht erkennbar gewesen, irgendwo in der Düsternis des Stollens wahrscheinlich. Von dort hatte er uns beobachten können, denn wir befanden uns im Hellen.

Er war nicht bewaffnet, trug einen schwarzen Umhang und ein Tuch über dem Kopf, das von einem Reif gehalten wurde. In seinem bärtigen Gesicht funkelten die Augen, und mit einer barschen Handbewegung hinderte er mich am Eintritt.

Ich blieb stehen.

Hinter mir hörte ich die Schritte Brett Hawkins und seine geflüsterte Erklärung. »Das ist Hadam Esra. Er hat im Ort einiges zu sagen. Du kannst ihn als Mullah ansehen.«

»Und weiter?«

»Ein Freund ist er nicht gerade«, quetschte der Mann hervor. »Das war er nie.«

Hadam Esra sprach. Jeden Satz begleitete er mit scharfen Handbewegungen. Ich verstand ihn nicht, aber Hawkins sprach einige Worte arabisch und übersetzte.

»Wir sollen verschwinden. Sehr schnell und sofort.«

»Weshalb?«

»Das werde ich ihn fragen.«

Die beiden lamentierten. Ich beobachtete ihre Gesichter. Das des Jordaniers verzerrte sich immer mehr, und Bretts Ausdruck zeigte eine ansteigende Besorgnis.

»Er sagt, daß sie keine Ungläubigen und Fremden

dulden würden. Die Nacht der Göttin steht dicht bevor. Sie wird erwachen, wenn die Dunkelheit hereinbricht. Dann wird es Feuer und Asche regnen und die Welt hier untergehen.«

»Feuer und Asche«, wiederholte ich, »läßt das auf einen Vulkan schließen?«

Hawkins bewegte sich unruhig. »So genau kann ich das nicht sagen. Aus normalem Vulkangestein besteht der Berg nicht. Aber wir sollten seine Worte nicht einfach ignorieren.«

»Noch ist es nicht dunkel.«

»Stimmt.«

»Dann werde ich mich im Berg umschauen.«

»Was willst du?«

»Ich gehe hinein.«

»Und dann?«

»Du kannst warten, sag ihm das.« Wir duzten uns jetzt, es war auch besser.

»Da bin ich mal gespannt, wie unser Freund hier reagiert. Begeistert wird er nicht sein.«

»Schon möglich.«

In den nächsten Minuten sprach nur Hawkins. Des öfteren deutete er dabei auf mich, und der Jordanier schaute manchmal entsetzt auf mich. Dann rannte er plötzlich weg, als wären tausend Dschinns hinter ihm her.

Ich stand da und hob die Schultern. Das Verhalten konnte ich mir nicht erklären. »Was war denn?«

»Kann ich dir sagen. Für ihn bist du schon so gut wie tot. Er hat dich gewissermaßen schon abgeschrieben.«

»Mehr nicht?«

Brett grinste schief. »Sag nur, das reicht dir nicht?«

»Ich lasse mich nicht davon abhalten. Machen wir eine Zeit aus. Reichen zwei Stunden?«

»Das ist zu lang.«

»Als Maximum.«

»Wie du willst.«

»Und was finde ich dort?«

Hawkins lachte plötzlich auf. »Nur einen dreck- und staubgefüllten Stollen. Es ist nicht so wie im Märchen, wo du plötzlich durch einen funkelnden Schatz geblendet wirst. Das alles kannst du vergessen, mein Junge.«

»Eine Lampe trage ich bei mir. Alles andere wird sich ergeben.«

Brett Hawkins war nicht so optimistisch wie ich. Er nickte nur und schlug mir auf die Schulter. »Wenn ich nicht hier bin, findest du mich im Ort. Ich muß einfach herausfinden, wie die Stimmung ist.«

»Ist das nicht zu gefährlich?«

»Nicht schlimmer als dein Job.«

Nur wenige Schritte mußte ich vorgehen, um den Stollen und damit eine andere Welt zu betreten. Einmal drehte ich mich noch um. Die Gestalt meines Begleiters malte sich in der Helligkeit vor dem Eingang ab wie ein Pappkamerad.

Er wartete so lange, bis mich die Finsternis verschluckt hatte, dann ging er.

Ich tastete mich allein durch die breite und auch hohe Röhre hinein in die Tiefe des Berges, der ein unheimliches Geheimnis verbarg. Noch war alles normal.

Meine Lampe schnitt einen scharfen Strahl in die Finsternis. Die Männer hatten hin und wieder Nischen angelegt, in denen Lampen hingen. Sie waren durch ein dickes schwarzes Kabel miteinander verbunden, gaben aber kein Licht ab.

Die Finsternis bekam ein permanentes Loch, denn der Lampenstrahl fächerte sie auf. Ich hatte die Optik vorn verdreht, so daß ich den Arm nicht allzu stark schwenken mußte, wenn ich an den Wänden entlang leuchtete.

Die Stempel, die Wände und Decke hielten, bestanden aus Metall. Modernste Bergwerktechnik war hier eingesetzt worden. Ich aber glaubte nicht daran, daß sie das uralte Grauen würde aufhalten können, wenn es sich befreien wollte.

Je tiefer ich hineinging, um so mehr veränderte sich das Gestein. War es zu beginn des Stollens noch relativ grau gewesen, so nahm es nun einen teerartigen Farbton an, was mich wiederum an die Masse erinnerte, die aus Scott Wilsons Mund gequollen war. Und ich fragte mich, was die jetzt Toten wohl mit dem Gestein gemacht hatten.

Es war nicht nur schwarz; wenn das Licht über besondere Stellen hinwegglitt, dann blitzten hellere Einschlüsse auf, als wollten sie mich begrüßen.

Im Berg herrschte eine drückende Wärme und Stille. Kein Knarren, kein Rieseln, nur eben diese Dumpfheit, die sich wie ein großes Tuch auch über mich gelegt hatte.

Das hier war nichts für Menschen mit Platzangst. Hier mußte man schon verdammt gute Nerven besitzen, um durchhalten zu können. Daran mangelte es mir nicht. Zu oft war ich durch Stollen und Gänge geschlichen, sei es in alten Gebäuden oder tiefen Grüften.
Und doch war es hier anders.

Ich merkte es, aber ich konnte es nicht erklären. Unsichtbar wehte mir etwas entgegen, das ich mit dem Begriff Vorahnung umschreiben konnte oder als ein düsteres Grauen ansah, das in der Nähe lauerte und nur auf ein Opfer wartete.

Ich wollte das Opfer nicht sein, aber ich kam auch nicht davon weg. Niemand meldete sich, dennoch wurde ich das Gefühl nicht los, daß etwas in meiner unmittelbaren Nähe lauerte und nur darauf wartete, daß ich in die Falle ging.

Es war nicht zu erklären, es war ein Hauch, ein Erbe aus tiefster Vergangenheit.

Möglicherweise bildete ich es mir auch ein, weil ich eben so allein war.

Manchmal glänzten die Wände, als hätte sie jemand schwarz angestrichen. Sie waren auch ungewöhnlich glatt, das aber mochte an dem Bohrgerät liegen, das den Tunnel gefräst hatte.

Ich schaute zurück.

Nein, der Eingang war nicht mehr zu erkennen. Den hellen Fleck bildete ich mir ein.

Gefangen!

Das Gefühl, hier im Berg gefangen zu sein, überkam mich urplötzlich.

Ich dachte auch daran, daß alles einstürzen könnte und ich elendig begraben wurde.

Möglicherweise drohte mir auch ein Erstickungsanfall. Ob die Luft tatsächlich so schlecht geworden war oder ich mir das nur einbildete, konnte ich mit Sicherheit nicht sagen.

War ich weit genug gegangen, ohne etwas herausgefunden zu haben, oder sollte ich meinen Weg bis zum Ende des Tunnels fortsetzen. Ich drehte mich wieder, leuchtete nach vorn – und bekam einen heißen Schreck.

Der Lampenstrahl wurde verschluckt!

Zwei, drei Schritte vor mir hörte er auf, nicht weil ich eine Wand getroffen hatte, dann hätte sich ein Kreis abbilden müssen, nein, vor mir befand sich eine Schwärze, wie sie tiefer und unheimlicher nicht sein konnte.

Wenn es überhaupt eine Erklärung gab, dann nur die, daß der Spuk gekommen war.

Einen Moment später sah ich überhaupt kein Licht mehr, da umfing mich sein amorpher Körper . . .

Es hatte Brett Hawkins überhaupt nicht gepaßt, daß John Sinclair verschwunden war. Dabei dachte er nicht nur an ihn, auch an sich und an die Unterredung mit Hadam Esra. Dieser Mann hatte ihn nicht nur gewarnt, sondern ihn auch indirekt den Tod ›ersprochen‹, wenn er sich nicht so schnell wie möglich zurückzog.

Das würde er jetzt nicht mehr schaffen. Er hatte mit Sinclair abgesprochen, auf ihn zu warten, und er war ein Mensch, der sich daran hielt.

In der rechten Seitentasche fand er Zigaretten, zündete sich ein Stäbchen an und ging rauchend an den mächtigen Baggern und Bohrern vorbei, bis zum Wagen, der zwischen den geplünderten Containern stand und wo er noch Tee in der Flasche fand.

Er trank einen mächtigen Schluck, rauchte die zweite Zigarrette und lauschte in die Stille hinein.

Sie war ungewöhnlich, eine Wüstenstille. Selbst vom nahen Dorf hörte er nichts.

Dies hier war das Tal der Schatten. Selbst eine hochstehende Sonne füllte es mit ihrem Licht nicht aus.

Trotz der Stille fühlte sich Brett beobachtet und gleichzeitig bedroht. Er faßte sein Gewehr fester. Auf dem blanken Metall lag eine dünne Staubschicht. Die Waffe roch noch nach Öl. Sie war gut gepflegt worden. Warten oder ins Dorf gehen und den Stier somit bei den Hörnern packen. Diese Alternativen besaß er.

Oft war der Angriff die beste Art der Verteidigung. Brett kannte die arabische Mentalität. Oft wollten diese

Menschen reden, handeln und dann zu einem Kompromiß kommen, mit dem sich beide Parteien zufrieden zeigten und niemand sein Gesicht verlor.

Ja, er würde gehen!

Noch einmal schaute er sich um. Sein Blick glitt dabei an der Flanke des Berges hoch, die schon fast einer steilen Wand glich und in der Spitze endete, über der ein sonniger Himmel lag, der trotzdem auf ihn einen düsteren Eindruck machte.

Die Sonne würde nicht mehr lange scheinen. Danach trat eine kurze Zeit der Dämmerung ein, dann fiel sofort die Finsternis über dieses schmale Wüstenland.

Brett Hawkins trat die Zigarette mit dem Stiefelabsatz aus, bevor er den Bereich der Container verließ und auf Anat zuschlenderte. Daß er dort nicht willkommen war, wußte er genau, aber er konnte es wenigstens versuchen und um Verständnis bitten. Er wollte noch einmal mit Hadam Esra reden, denn dieser Mann besaß ziemlich viel Einfluß, den er zu seinen Gunsten ausüben konnte.

Der Weg kam ihm jetzt schon wie ein Spießrutenlaufen vor. Die Häuser warfen bereits die ersten Schatten. In den schmalen Gassen würde es jetzt dämmrig sein.

Eigentlich wäre es Zeit zum Gebet gewesen, aber das Minarett der kleinen Moschee blieb unbesetzt. Kein Muezzin rief die Gläubigen zum Gebet.

Wieso nicht?

Hawkins hatte einige Zeit im Dienste seiner Firma hier ausgehalten. Jeden Tag war zum Gebet aufgerufen worden, warum ausgerechnet heute nicht?

Hing es mit seinem und John Sinclairs Erscheinen zusammen? Das wollte er nicht so recht glauben, denn vor kurzer Zeit hatte es hier von Fremden gewimmelt.

Es mußte andere Gründe haben, daß nicht zum

Gebet gerufen wurde, und über seinen Rücken rieselte eine Gänsehaut, als er daran dachte. Alles war plötzlich anders geworden, die Ruhe vor dem Sturm, die dumpfe Luft, die Häuser vor ihm, die jetzt aussahen, als hätten sie sich vor dem hereinbrechenden Abend geduckt.

Aus dem Schatten einer Mauer löste sich ein Hund mit staubbedecktem und struppigem Fell. Er lief knurrend auf den Fremden zu, machte aber kurz vor ihm kehrt.

Wieder zerriß über ihm das Dröhnen der Kampfflugzeuge die Stille. Die Jordanier flogen Tag und Nacht ihre Einsätze, sie waren auf der Hut und wußten genau um die brenzliche Lage.

Der Ort breitete sich wie auf einem Tablett aus. Im Zentrum standen die Häuser dichter. An den Rändern von Anat gab es doch große Lücken zwischen den Bauten.

Er wollte ins Zentrum. Die ersten Menschen begegneten ihm an einer schmalen Brücke, die über ein ausgetrocknetes Flußbett führte. Wenn, dann führte der Fluß höchstens einmal im Jahr Wasser, ansonsten war er nur eine staubige Rinne.

Die Brücke war aus harten Steinen gebaut worden. Die beiden Männer schauten ihn scharf an. Sie erinnerten Brett Hawkins an Wächter, doch sie ließen ihn passieren.

Er ging weiter, und der Eindruck, eine Geisterstadt zu betreten, verstärkte sich.

Sein Instinkt sagte ihm, daß er einen Fehler machte, dennoch hörte er nicht darauf und schritt in die ersten Schatten hinein, die von den Hauswänden geworfen wurden.

Ihn wunderte auch, daß in den Bauten kein Licht brannte.

Um so mehr wunderte sich Brett Hawkins darüber, als es vor ihm, und zwar dort, wo der Marktplatz liegen mußte, heller wurde. Es war keine gleichbleibende Helligkeit. Sie enthielt eine gewisse Unruhe, wie sie nur von einem Feuer abgegeben werden konnte.

Ein großes Feuer hatte er zuvor noch nie erlebt. Daß es jetzt brannte, war bestimmt nicht ohne Grund geschehen. Immer dringender wurde sein Wunsch, mit Hadam Esra darüber zu reden.

Er wußte, daß der Mann nahe der Moschee wohnte. Sie und sein Haus waren nur durch eine schmale Gasse getrennt, wo sich auch ein Hintereingang befand.

Den vorderen wollte Brett nicht nehmen. Zu viele Augen hätten ihn dabei beobachten können, und er wollte Esra auf keinen Fall kompromittieren. In der Gasse war es düster. Es roch nach Staub und Hundekot. Auch an der Rückseite des Hauses befanden sich Fensteröffnungen, allerdings nicht größer als viereckige Luken.

Die Tür zeigte einen maisgelben Anstrich und war verschlossen. Das machte Hawkins nichts aus. Er klopfte mit der flachen Hand gegen das Holz, wartete ab und glaubte, leise Schritte zu hören. Einen Moment später zog jemand die Tür auf, um einen Schrei auszustoßen und sie gleich wieder ins Schloß werfen zu wollen, aber Hawkins war schneller und kantete seinen Fuß hoch. Über dem dunklen Mundtuch schauten ihn die weitaufgerissenen Augen einer Frau an.

»Wo finde ich Esra?«

Die Frau schüttelte den Kopf. Sie gab ihren Widerstand auf, als er die Tür nach innen drückte. Schnell huschte er ins Haus, in dem es angenehm kühl war, und blieb auf einem mit bunten Mosaiken verzierten Steinboden stehen.

»Ich muß mit ihm reden.«

Die Frau schaute ihn an, ging zurück, warf sich herum und rannte weg. Das Echo ihrer Schritte wurde von den kahlen Wänden zurückgeworfen.

Brett Hawkins fluchte leise. Auf seinem Rücken lag eine kalte Gänsehaut. Er ahnte, daß er einen Fehler begangen hatte, nur wollte er auch keinen Rückzieher machen und ging deshalb weiter. So leise wie möglich durchquerte er den viereckigen Raum. Ein Durchgang gab den Blick in ein Nachbarzimmer frei.

Auch das war menschenleer. Niedrige Stühle gruppierten sich um einen runden Tisch. An der Wand hing die Nachbildung eines Krummschwerts, und in der Ecke stand eine sehr flache Liege.

Die beiden Fenster interessierten ihn. Nicht weil sie größer waren als die an der Rückseite, nein, sie führten nach vorn hinaus. Er würde den Marktplatz oder das Zentrum sehen können, denn nur dort brannte das Feuer.

Bis auf die Frau hatte er niemand im Haus gesehen. Alle anderen Bewohner mußten es verlassen haben. Jetzt hörte er sogar Stimmen. Zum Glück von draußen. Sie klangen dort auf, wo sich der Marktplatz befand. Nur Männer redeten miteinander, sie unterhielten sich dumpf und gleichzeitig flüsternd.

Brett wurde immer unwohler zumute, als er auf das Fenster zuschlich, das ihm die beste Sicht ermöglichte. Es lag in einer günstigen Höhe, er brauchte sich nicht auf die Zehenspitzen zu stellen, drehte den Kopf dafür nach links und schaute dorthin, wo ein Feuer brannte.

Licht und Schatten vermischten sich zu einem gespenstischen Vorhang, der auch über die dort anwesenden Männer hinwegwischte und ihren Gestalten etwas Drohendes gab.

Das waren die Männer aus dem Dorf, nur wirkten sie jetzt wie verkleidet, denn sie alle waren in dunkle Kutten oder Gewänder gehüllt, als sie sich um das Feuer gruppierten und etwas hineinwarfen, das er zunächst nicht erkennen konnte.

Bei genauerem Hinschauen sah er, daß es dunkle Steine waren. Sie fielen in die Flammen hinein und lösten sich dort auf, als wollten sie dem Feuer Nahrung geben.

Alle Steine veränderten sich zu einer schwarzen, teerartigen Masse, die auf dem Boden einen breiten Fleck bildete, über den die Flammen tanzen konnten.

Weshalb taten sie das? Aus welch einem Grund wurde überhaupt die ungewöhnliche Zeremonie durchgeführt? Es war niemand da, der auch nur ein Wort sprach.

Als einziges Geräusch war das leise Fauchen der Flammen zu hören. Noch war es nicht dunkel geworden, doch das Feuer bildete einen ungewöhnlichen Kontrast zu der Farbe des Himmels, die über den flachen Dächern der Häuser stand.

Brett Hawkins war kein Dummkopf. Was diese Menschen da taten, erinnerte ihn an eine Zeremonie, in die er sich nicht hineinversetzen konnte. Außerdem faßten sie sich plötzlich an den Händen, schufen so einen Kreis und begannen, um das lodernde Feuer herumzutanzen. Sie bewegten sich nicht sehr schnell, der Rhythmus blieb immer gleich, aber sie knickten bei jedem Schritt nach rechts in den Knien ein und warfen dabei ihre Arme hoch.

Das sah nach einem uralten Ritualtanz aus, und der Mann erinnerte sich an die Erklärungen John Sinclairs, der davon gesprochen hatte, daß hier ein uralter Zauber wiederentstand.

Die Flammen, der Tanz und die Menschen faszinierten ihn zwar, sie lenkten ihn aber nicht so stark ab, daß er alles andere außer acht gelassen hätte.

Deshalb hörte er auch das Geräusch in seinem Rükken. Ein Schleifen, als würde irgend etwas irgendwo hervorgezogen.

Brett fuhr herum und glitt gleichzeitig vom Fenster weg, so daß er die Wand im Rücken hatte.

Er hatte sich nicht geirrt. Das Schleifen war entstanden, als ein Mann ein Krummschwert aus der Scheide gezogen hatte. Im düsteren Licht des Raumes hatte die Waffe einen fahlen Glanz bekommen. Sie sah so ähnlich aus wie die Haut des Mannes, ein bläulicher Schatten, der aus dem Griff hervorwuchs.

Daß sich Brett in Lebensgefahr befand, darüber konnte er nicht nachdenken. In den nächsten Sekunden mußte sich alles entscheiden, denn der Mann griff ihn an.

Mit mächtigen Sprüngen stieß er sich ab, die Klinge pfiff durch die Luft, er beherschte sie meisterhaft, und Brett blieb nur mehr eine Chance, obwohl er wußte, daß er dabei einen Fehler machte.

Er schlug die Jacke zur Seite, warf sich nach rechts und feuerte eine kurze Garbe aus dem Gewehr.

Kugeln sind schneller als Menschen, auch hier wurde dies untermauert. Der Mann warf die Arme hoch. Er verlor die Waffe. Aus der Brust spritzte Blut, dann landete er mit einem dumpfen Laut auf dem Boden und rührte sich nicht mehr.

Brett atmete scharf aus. Er stand unter einem derartigen Streß, daß ihm nicht aufgefallen war, daß er zum erstenmal in seinem Leben einen Menschen getötet hatte. Seine Sinne waren auf Alarm gestellt. Er mußte damit rechnen, daß jemand die Schüsse gehört hatte.

Wenn sie alle kamen und auf ihn einstürmten, hatte er keine Chance.

Mit zwei langen Sätzen stand er vor dem Fenster und peilte vorsichtig hinaus.

Das Feuer loderte mit seinen zuckenden Schlangenbewegungen. Er sah die Männer im Kreis. Sie selbst bewegten sich nicht mehr, die Gestalten waren erstarrt. Aber das Muster der Flammen gab ihren Körper ein unheilvolles Leben.

Bretts Meinung nach brauchten sie nur Sekunden, um herauszufinden, wo die Schüsse abgegeben worden waren. Wenn sie dann hereinstürmten, war er ohne Chance.

Also weg.

Er nahm noch rasch den Säbel an sich. Mit einer derartig fremden Waffe hatte er noch nie gekämpft, aber sie war besser als die bloße Faust, und er war entschlossen, sich den Weg aus dem Ort freizukämpfen. Er mußte zum Fahrzeug zurück und natürlich auch zu John Sinclair, der hoffentlich nicht mehr im Berg steckte.

Die große Angst war verschwunden. Er dachte nur noch rational. Den vorderen Ausgang konnte er nicht nehmen. Er mußte dort verschwinden, wo er hergekommen war. Von der Frontseite her hörte er bereits die Rufe der Männer.

Die Jagd auf ihn hatte begonnen.

Die Frau, die ihm geöffnet hatte, sah er nicht mehr. Darüber war er froh, sie hätte die Männer nur gewarnt. Es drängte ihn, aus dem Haus zu stürmen, das aber wäre ein Fehler gewesen. Er mußte achtgeben und so geräuschlos wie möglich verschwinden.

In der Gasse zwischen dem Haus und der kleinen Moschee entdeckte er kein Lebewesen. Selbst ein Hund oder eine Katze streunte nicht umher. Dafür hallten von verschiedenen Seiten Stimmen in die enge Gasse hinein. Für ihn der Beweis, daß die Häscher versuchten, ihn einzukesseln.

Brett Hawkins konnte sich die Richtung aussuchen und entschied sich für die linke Seite. Er würde zwar in unbekanntes Terrain laufen, im Prinzip aber war ihm alles in dieser kleinen Wüstenstadt unbekannt. Wenn er entwischen wollte, mußt er mehr als Glück haben.

Hawkins drehte sich aus der Tür. Er hielt sich dicht an der Hauswand, schabte mit dem Rücken darüber hinweg, um so mit ihrem Schatten verschmelzen zu können. Zwar sah der Boden der Gasse im Dämmerlicht aus wie blank gefegt, wenn er jedoch seine Schritte setzte, hörte er deutlich, wie unter den Füßen kleinere Steine zermalmt wurden.

Kalter Schweiß lag auf seinem Körper. Er konnte sich nicht erinnern, jemals so angespannt gewesen zu sein. Das Minarett warf einen langen Schatten, der, als er eine Hauswand berührte, an ihr emporkroch, als wollte er an der anderen Seite wieder die ursprüngliche Höhe erreichen. Genau dort war die Gasse zu Ende.

Jetzt lief er schneller, schaute mal zurück, sah keinen Verfolger, auch vorn nicht, aber er hätte besser zu einem der Dachränder hochschauen sollen, denn dort bewegten sich mindestens drei Schatten. Ob sie bewaffnet waren, ließen die Abdrücke der Schatten nicht erkennen, aber plötzlich bekamen sie eine andere Form. Sie stiegen an, als würde sich über ihren Köpfen ein Dach ausbreiten.

Es war kein Dach, sondern ein Netz. Und es fiel einen Moment später nach unten in die Gasse.

Brett ahnte es, aber er sah es nicht. Und als er das Netz endlich bemerkte, war es zu spät. Denn da stolperte er genau in die verdammte Falle hinein.

Brett Hawkins hörte sich selbst schreien. Ob vor Wut oder Angst, das war ihm egal. Jedenfalls hatten sie ihn überlistet, und jemand auf dem Dach schrie einen Befehl.

Der Engländer versuchte alles. Mit wilden Bewegungen schlug er den Säbel gegen die groben Maschen, doch das verfluchte Material war einfach zu zäh. Die Klinge würde zu lange brauchen um das Zeug zu zerschneiden.

Die Häscher kamen von zwei Seiten.

Dunkle Gestalten, deren Schritte wie ein dumpfer Rhythmus klangen. Er hörte ihre Flüche, ihr Lachen und das wilde Keuchen. Diese Häscher hatten schon jetzt ihren Spaß, und Brett kam gegen die Übermacht mit dem Säbel nicht an, deshalb ließ er den Säbel fallen. Das Schnellfeuergewehr mußte herhalten. Wenn er schon sterben sollte, wollte er wenigstens einige dieser Typen in die Hölle schicken.

Hawkins wußte nicht, was in ihn und in die Menschen gefahren war. In letzter Zeit standen sie den Europäern nicht gerade positiv gegenüber, aber die Zusammenarbeit zuvor hatte geklappt. Jetzt war das alte Band gerissen, ein neues wurde geknüpft, das den Namen Haß besaß.

Er wollte herumfahren, hatte seine Schwierigkeiten, weil das Netz aus zahlreichen Armen und Hindernissen zu bestehen schien. Es glitt über seine Haut, hielt ihn fest, zerrte daran, behinderte ihn, zudem zerrten kräftige Hände an den Rändern, brachten somit Bewegung in die Falle und störten Bretts Aktivitäten.

Für ihn glich dies einem Tanz auf dem Vulkan. Er konnte das Gewehr niemals in die richtige Schußposition bringen. Er drückte zwar in einem Reflex ab, die Garbe fetzte auch aus dem Lauf, ob er aber getroffen hatte, stand in den Sternen. Schreie hörte er jedenfalls nicht. Dafür dumpfe Laute, als die Geschosse irgendwo einschlugen und das Echo der Schüsse verklungen war.

Einer der Häscher hatte sich eine lange Stange besorgt und war in Hawkins Rücken geschlichen. Als er die Stange vorrammte, erwischte er den Mann im Kreuz.

Hawkins brüllte auf. Der Schmerz durchfuhr ihn wie ein Stück glühendes Eisen. Er stolperte nach vorn. Ein zweiter Hieb erwischte ihn und traf diesmal seinen Nacken.

Zugleich riß jemand an der rechten Netzseite. Der Schwung erfaßte auch den Engländer und riß ihn von den Beinen. Hawkins wollte sich irgendwo festhalten, da war nichts mehr. Er fiel zu Boden, sein Gewehr war plötzlich wertlos geworden. Zwar hielt er es noch fest, aber wie in Großaufnahme sah er den Fuß, der sich dem Gelenk seines ausgestreckten Arms näherte.

Der Druck einer harten Sohle ließ ihn aufschreien. Er konnte die Waffe nicht mehr halten, öffnete deshalb die Faust. Jemand riß sie an sich, dann waren sie über ihm.

Sie schlugen zu.

Ihre Fäuste trafen ihn überall. Sie erwischten seinen Leib, die Beine, die Arme. Das Gesicht konnte er in etwa schützen, denn er hatte seine Arme hochgerissen, und er hörte die wilden, wütenden und haßerfüllten Schreie.

Während er sich zusammenrollte und ihn die Angst überflutete, bereute er diesen verdammten Einsatz. Er verfluchte nicht nur sich selbst, auch John Sinclair, der es tatsächlich geschafft hatte, ihn zu der Reise zu überreden.

Sie kannten kein Pardon, aber sie schlugen ihn nicht bewußtlos, obwohl er es sich gewünscht hätte. Völlig groggy zerrten sie ihn auf die Beine. Brett hatte nicht mitbekommen, daß sein Netz zur Seite geschleudert worden war. Die Umgebung war in einen schwarzen, dann und wann auch roten Nebel getaucht, und er konnte die Gesichter seiner Häscher nur schemenhaft erkennen.

Stimmen umgaben ihn, Hände stießen ihn an. Er fiel, wurde wieder festgehalten und weiter durch die Gasse gestoßen.

Was sie mit ihm vorhatten, wußte er nicht. Es gab kaum eine Stelle an seinem Körper, die nicht schmerzte.

Wie ein Blinder taumelte er weiter und wußte nicht, wohin sie ihn führten. Noch befand er sich im Freien. Als es kühler wurde, stellte er fest, daß sie ihn in ein Haus geschafft hatten.

Dort sank er zu Boden.

Eine Weile verging, ohne daß sich etwas tat. Brett war ein harter Knochen. Er hatte auch festgestellt, daß nichts an seinem Körper gebrochen war. Jetzt ließ er die Hände langsam sinken und schaute in die Höhe. Er wollte endlich sehen, was mit ihm geschehen war.

Die Bewohner von Anat umstanden ihn wie düstere Säulen. Blakendes Licht erfüllte ihre Gesichter mit einem düsteren Gelb. Da wirkten die Züge wie Schnitzwerk; die Augen schauten böse, und einer der Männer bewegte sich auf ihn zu. Mit rudernden Armbewegungen schob er die anderen zur Seite, bis er nahe genug an Hawkins heran war.

Dann bückte er sich.

Brett hörte das Zischen aus dem Mund des Mannes und hob mit einer müden Bewegung seinen Kopf an. Hadam Esra schaute ihn an.

». . . du?« flüsterte er.

»Ja, ich.«

»Verflucht noch mal. Was habt ihr mit mir gemacht? Warum habt ihr mich zusammengeschlagen?«

Der Jordanier schüttelte den Kopf. »Du hättest in deiner Heimat bleiben sollen, Engländer.«

Brett wischte über seine blutigen Lippen. »Scheiß, das weiß ich jetzt auch.«

»Hier werden Dinge passieren, die nichts für deine Augen sind. Die alten Zeiten stehen wieder auf, die Götter kehren zurück. Sie . . . sie verlangen Opfer . . .«

Trotz seiner miesen Lage versuchte Brett ein Grinsen. »Opfer, sagst du? Was denn? Ziegen, einen Hammel, ein Lamm . . .?«

»Nein . . .«, der Mann schüttelte den Kopf. Sein dunkler Bart glänzte wie ein dicker schwarzer Schaumrand.

»Vielleicht Menschen?« Hawkins brachte die Frage nur schwer über die Lippen.

»So ist es.«

»Okay.« Er schluckte und merkte das Kribbeln in seinem Blut, als wäre es mit Sekt verdünnt worden. Er fürchtete sich, nachzuhaken, tat es aber doch. »Auch ich?«

Hadam Esra nickte nur.

Da schloß Brett Hawkins die Augen . . .

Die Lampe nutzte mir nichts, denn ihr Licht wurde sehr schnell verschluckt. Da ich die Hände frei haben wollte, steckte ich sie weg. Mit zur Seite gestreckten Armen tastete ich mich durch die Schwärze und kam mir dabei vor wie jemand, der absolut blind war. Aber das kannte ich bereits im Reich des Spuks.

Seine Stimme dröhnte dumpf gegen meine Ohren. »Du kannst gehen, wohin du willst, Sinclair. Nirgendwo wirst du an eine Grenze stoßen, denn mein

Reich ist grenzenlos, wenn ich es will. Dann gehorcht es nur meinen Gesetzen. Ich kann mit ihm die Dimensionsgrenzen überwinden, wie du selbst weißt. Laß es lieber sein, dich durch das absolut Dunkle tasten zu wollen, denn du befindest dich zwar noch in diesem Berg, bist aber trotzdem nicht mehr da.«

Ich nahm die Worte hin und kam ihnen auch nach. Die absolute Finsternis interessierte mich nicht. Wichtig allein war der Spuk und sein Erscheinen. Denn er gehörte zu den Wesen, die hier im Hintergrund die Fäden zogen. Er hatte mich hergelockt. Stellte sich die Frage, ob er mich auch weiterhin begleiten würde, bis hin zu dem Ziel, das ich noch nicht kannte, und wo ich höchstwahrscheinlich für ihn die Kastanien aus dem Feuer holen sollte.

Das wäre nicht das erste Mal gewesen. So mächtig er auch war, selbst dem Spuk waren irgendwo Grenzen gesetzt worden, da sprach ich aus Erfahrung.

Deshalb blieb ich stehen und wartete darauf, daß der Spuk reagierte. Ihm gehörte diese Welt, er beherrschte sie. Nur wenn er wollte, holte er sich andere hinein.

Die Kälte war vorhanden. Hatte ich sie zunächst als angenehm empfunden, so mochte ich sie jetzt immer weniger, da sie in meinen Körper zog, aber das mußte ich hinnehmen, wenn ich dem Spuk gegenüberstand. Er zeigte sich wieder. Vor mir erschienen wie in die Schwärze hineingemalt seine beiden Glutaugen.

Mehr zeigte er nie von sich. Dabei wußte ich, daß er vor langer, langer Zeit einmal anders ausgesehen hatte. Er war ein Wesen, das von den Sternen auf die Erde gekommen war, aus dem Weltall, angereichert mit einer gefühllosen dämonischen Kraft, uralt, und er besaß einen Namen, der für Menschen praktisch unaussprechlich war.

Spuk klappte da schon besser ...

»Ich errate deine Gedanken, Geisterjäger. Du willst wissen, weshalb ich dich hergelockt habe.«

»Ist das so unwahrscheinlich?«

»Nein.«

»Dann erkläre mir, was du hier zu suchen hast. Weshalb treibst du dieses Spiel?«

»Es ist kein Spiel mehr.«

»Kann ich mir auch vorstellen. Ich glaube inzwischen, daß sich eine Gefahr gebildet hat, der auch du kaum entgehen kannst. Oder irre ich mich da sehr?«

Die Augen bewegten sich zuckend, als wollten sie einen Tanz aufführen. Ich fühlte mich immer mehr eingeklemmt. Die dichte Schwärze schien noch mehr zusammenzuwachsen, und wenn ich atmete, dann überkam mich der Eindruck, als würde ich sie trinken können.

Schon immer habe ich auf meine inneren Stimmen gehört, auch ›hörte‹ ich die Warnungen und gleichzeitig eine gewisse Beruhigung, denn ich hatte den Eindruck, als sollte ich viel Neues erfahren. Nur wollte der Spuk nicht so recht mit der Sprache heraus.

»Es ist keine direkte Gefahr, John Sinclair.«

»Was dann?«

»Ich würde mehr von einer Veränderung sprechen. Was sich über Jahrtausende hinweg verborgen gehalten hat, ist nun bereit, alle Grenzen zu sprengen, weil die Zeit endlich reif ist.«

»Für was reif? Was soll gesprengt werden? Etwa dieser Berg, in dem wir uns befinden?«

»Du hast es erfaßt.«

Ich mußte lachen. »Gut, gehen wir davon aus, daß dieser Berg ein Geheimnis enthält. Ich habe einen Mann sterben sehen, der eine schwarze, dicke Flüssigkeit ausbrach. Hat das Geheimnis des Berges etwas mit seinem Tod zu tun?«

»Ja.«

»Könnte ich auch in die Lage geraten?«

»Auch das, aber ich habe dich aufgehalten. Du bist nicht in das Zentrum vorgedrungen.«

»Im Gegensatz zu den beiden jetzt Toten?«

»Gut geraten.«

»Das war nicht schwer, nur will ich gern Einzelheiten hören, die nur du mir sagen kannst.«

»Sie alle, die in den Berg gegangen sind, waren zu arrogant und haben nicht auf die Warnungen gehört, denn der Berg Anat ist etwas Besonderes. Er besteht nicht nur aus einem Gestein, über das Wissenschaftler nur den Kopf schütteln, weil sie es nicht schaffen, es zu analysieren.«

»Weshalb nicht?«

»Es ist Magie.«

Ich lächelte ungläubig, aber das sah er nicht. »Wieso ist dieses Gestein Magie?«

»Man hat sie in eine andere Form gebracht. Sie lebt, sie kann sich verändern, der Staub setzte sich auf und in dem Körper fest, er sammelte sich und dringt, wenn die Zeit reif ist, als Flüssigkeit wieder hinaus.«

»Das kapier ich nicht, so leid es mir tut. Da mußt du schon genauer werden.«

Der Spuk blieb für einen Moment ruhig. Zusammenhänge, die für ihn leicht verständlich waren, konnten für einen Menschen zu einem Problem werden, auch für einen wie mich, der sich mit diesem Thema schon seit Jahren beschäftigte. »Der Berg ist kein Berg, auch wenn er für menschliche Augen so aussieht. Er ist ein uraltes Zentrum der Magie, das kannst du allein an seinem Namen erfahren. Denk darüber nach . . .«

»Er heißt Anat.«

»Ja.«

»Und weiter?«

»Kennst du den Namen Anat nicht?«

Ich lachte gegen die jetzt ruhigen roten Augen. »Du verlangst viel von mir. Wie soll ich alles kennen? Anat hat für mich keine Bedeutung. Ich nehme es hin, mehr auch nicht. Ich kann mich nicht mit allen mystischen Orten auf dieser Welt beschäftigen, denn ich bin auch nur ein Mensch. Das mußt du verstehen.«

»Hier solltest du mehr wissen.«

»Dann kläre mich auf.«

»Gut, es ist soweit. Ich habe dich nicht kommen lassen, um dich dumm wieder gehen zu lassen. Ich werde dich auf die Spur bringen und dir einige andere Namen nennen. Namen, die dir eigentlich bekannt sein müßten, John Sinclair.«

»Ich warte.« Himmel, er machte es spannend. Ich fragte mich, ob seine Antworten tatsächlich von einer dermaßen entscheidenden Bedeutung waren.

»Sie ist von Frauen verehrt worden, aber auch von Männern, die ihr Frauen als Opfer brachten. Das aber liegt sehr lange zurück. Man nannte sie Anat, Aschera – und Astarte . . .«

»Was?« rief ich dazwischen, »die heidnische Himmelskönigin, die von den Kanaanitern verehrt wurde?«

»Ja, John, es war die Zeit noch vor den großen Religionen. Astarte, die auch zu Baal gehört hatte, hatte sich bei den Menschen hier den nötigen Respekt verschafft. Man hat sie als die Braut des Götzen Baal bezeichnet.«

»So erzählt es die Geschichte.«

»Aber nicht alles. Ob in eurer Bibel etwas von der Gemahlin des Baals geschrieben steht oder nicht, das soll dir egal sein. Ich habe dir schon in London einiges erzählt, aber das Zweitwichtigste folgt jetzt. Dieser Berg Anat kann auch Astarte heißen oder Aschera, das spielt keine Rolle. Sie haben ihn Anat genannt, vielleicht wollten die Menschen nicht, daß er zu sehr an Astarte erinnerte. Eines laß dir gesagt sein. Wir beide befinden uns im Bauch der Himmelskönigin. Dieser Berg ist sie, der Berg ist Astarte. Alles um dich herum ist ein Teil der Göttin. Sie ist nicht vernichtet worden, sie hat nur ihre Gestalt gewechselt. Wenn du das Gestein berührst, dann berührst du gleichzeitig auch sie. Wenn du Staub einatmest, wie es die Männer getan haben, dann atmest du gleichzeitig etwas von ihr ein. Sie sind gestorben, du lebst noch. Ob ich dich weiterhin schützen kann, weiß ich nicht, aber sei gewiß, daß Astarte in deiner unmittelbaren Nähe steht und daß sie in der folgenden Nacht erwachen wird. Das Erwachen der Himmelgöttin. Viele haben davon gesprochen, viele haben den Weg zu ihr gesucht, doch nur wenige fanden ihn. Aber die ihn fanden, die bekamen die Macht, sie erwecken zu lassen.«

»Wenn ich dich richtig verstanden habe, wird sie in der Nacht erscheinen«, sagte ich.

»Und diesen Berg sprengen. Viele werden von einem Vulkanausbruch sprechen, aber das ist es nicht. Sie erscheint – sie, Astarte, Aschera oder Anat.«

»Gut, das habe ich alles verstanden. Trotzdem ist mir einiges unklar geblieben. Du hast von einer zweitwichtigen Sache gesprochen. Es muß demnach noch eine wichtigere für mich geben.«

»Nein, nicht nur für dich, auch für mich.«

»Stimmt. Und welche?«

Es dauerte, bis er eine Antwort gab. In der Zwischenzeit bewegten sich seine Augen. Sie tanzten wie rote Funkenkreise. Ich kannte den Grund nicht und überlegte, ob ein Wesen wie der Spuk auch Gefühle besaß.

Es fiel ihm schwer, mit der Wahrheit herauszurücken.

»Traust du dich nicht?«

»Doch, Geisterjäger. Ich habe nur über den richtigen Weg nachgedacht, den ich einschlagen muß.«

»Ich habe Zeit . . .«

»Baal ist einer der furchtbarsten Götzen des Altertums gewesen. Man spricht heute noch von ihm, sogar immer öfter. Ich komme deshalb auf ihn, weil Astarte einmal zu ihm gehört hat. Sie wurde ja als seine Gemahlin anerkannt. Das jedoch war sie nicht immer. In deiner Gesellschaft würde man sagen, daß sie ein Vorleben besitzt. Und dieses Vorleben bin ich gewesen. Hör genau zu, John Sinclair. Ich kenne Astarte schon länger als Baal, denn sie war meine Braut, die Braut des Spuks . . .«

Die letzten Minuten hätte Brett Hawkins liebend gern aus seinem Leben gestrichen, denn sie waren furchtbar gewesen. Nicht daß er gefoltert worden wäre, nein, sie hatten ihn körperlich nicht angerührt, es war der seelische Druck, der ihn fertigmachte, ebenfalls das Wissen um sein nahes Schicksal.

Er sollte sterben, und er sollte gleichzeitig zu einem Opfer der Göttin Astarte werden!

Das wollte ihm nicht in den Kopf. Schon öfter hatte er das Gefühl, als wäre ihm der Boden unter den Füßen weggezogen worden, so daß er in der Leere schwebte. Schwindel überkam ihn, die Mauern rechts und links schwankten immer wieder, und die Gesichter seiner Bewacher verzerrten sich zu Fratzen.

Ein Ende in Jordanien, ein Ende in der verdammten Wüste, irgendwo verbluten, vergessen und verloren.

Seine körperlichen Schmerzen traten zurück, denn

die seelischen überwogen leider. Er senkte den Kopf. Seine Beine waren schwach geworden, sie schafften es kaum, das Gewicht des Körpers zu halten. Zwar war Brett Hawkins ein kräftiger Mann, aber auch für ihn gab es Grenzen, und er gehörte nicht zu den ausgebildeten Kämpfern. Sein Weg ins Verderben war vorgezeichnet.

Zudem hatten sie den Toten entdeckt.

»Von vier Kugeln durchlöchert«, hatte ihm Hadam Esra erklärt. »Von vier Kugeln.«

»Verdammt, er griff mich mit dem Säbel an! Was hätte ich denn tun sollen?«

Diese Antwort akzeptierte man nicht. »Er ist einer von uns gewesen«, hatte Esra erklärt. »Einer für die Göttin, begreifst du das? Du hast dich eines Verbrechens schuldig gemacht. Wir können so etwas nicht akzeptieren.«

»Schon gut.«

Sie hatten ihn dann in Ruhe gelassen und flüsternd miteinander gesprochen. Wahrscheinlich redeten sie über die Art, wie er getötet werden sollte. Mittlerweile war er in die Knie gesunken, und über seinen Körper liefen kalte und warme Schauer. Sie wühlten ihn auf, sie machten ihn zu einem Menschen, der sich nicht mehr so fühlte, sondern nur noch Opfer war. Ein schreckliches Opfer in den Klauen der anderen, die keine Gnade kannten und erst Minuten später ihre Beratungen beendet hatten.

Kräftige Hände zerrten ihn hoch. Sie hielten ihn, und aus dem Dämmer trat Hadam Esra hervor. »Wir haben überlegt, und wir haben abgestimmt. Keiner ist dagegen. Die folgende Nacht wird die entscheidende sein, ihr kann niemand entkommen, der ausersehen worden ist. In dieser Nacht wird sie wieder zu dem werden, was sie einmal gewesen ist. Sie wird ihren Kokon sprengen, sie wird aus dem Berg hervorsteigen, eingehüllt sein in Feuer und Rauch, denn sie will der gesamten Welt beweisen, daß noch mit ihr zu rechnen ist. Sie ist die mächtige Person, sie hat dem Götzen Baal schon in der Urzeit gedient, aber sie ist nicht verschwunden, und sie wird wieder und wieder Menschen finden, die zu ihr stehen und sich voll und ganz auf sie verlassen. Es wird ein Fest für sie werden, jeder Tag wird ein Festtag sein, denn die Menschen werden auch heute wieder für sie sterben. Damals haben ihr Frauen ihre Neugeborenen geopfert, um sie gnädig zu stimmen, heute sind es die Frauen, die ihr entgegentreten, um ihr Leben für sie zu geben. Aber ein Mann wird sich unter den Weibern befinden. Jetzt darfst du raten, wer dieser Mann sein wird, der für die Göttin stirbt.«

»Ich . . . ich weiß es schon.«

»Wir haben abgestimmt und dich ausersehen. Du wirst das Schicksal mit den anderen teilen.«

Brett Hawkins hatte alles genau verstanden, nur weigerte sich sein Gehirn, hier einfach zuzustimmen. Seine Gedanken drehten sich, bis sie an einen bestimmten Punkt angelangt waren. Sein eigenes Schicksal stand da nicht im Mittelpunkt, er dachte plötzlich an John Sinclair, der in den Berg hineingegangen war, aus dem die Himmelsgöttin hervorbrechen würde. Er war ebenso hineingegangen wie auch die Arbeiter, die in London ein schlimmes Schicksal ereilt hatte. Würde dem Yard-Mann dasselbe passieren?

Düster schaute ihn Hadam Esra an. Sein Blick versprach den Tod, und der Engländer versuchte vergeblich, ihm auszuweichen. Außerdem schien Esra Gedanken erraten zu können. Er legte dem Engländer eine Hand unter das Kinn und hob den Kopf leicht an.

»Denkst du an deinen Begleiter?«

»Ja«, Lügen hatte keinen Sinn.

Der Bärtige lächelte hintergründig. »Wir haben euch eine Weile beobachtet und auch gesehen, daß er sich nicht scheute, den Berg zu betreten. Er ist bereits bei ihr, Fremder. Ja, er ist bei Aschera. Muß ich dir noch sagen, was das bedeutet? Ich glaube nicht, denn du müßtest eigentlich Wissen genug haben.«

»Er ist in den Tod gegangen, nicht?«

»Es gibt keine andere Möglichkeit. Die Göttin wird ihn verschlingen, sie hat ihn bereits verschlungen, denn sie ist der Berg. All die Jahrtausende hat sie sich immer den Menschen gezeigt, nur eben in der Gestalt des Berges. Sie weiß über alles Bescheid, und sie hat auch erlebt, daß sich Menschen von ihr abwendeten. Diese Zeiten aber sind nun vorbei. Die alten kehren zurück und damit die Göttin, die einmal die Gemahlin Baals gewesen ist. Sein Kult existiert. Es gibt viele Gruppen auf der Welt, die noch auf ihn setzen. Und diesen wird Aschera als Hoffnungsträger erscheinen.«

Die düsteren Prophezeiungen des Mannes erweiterten das Angstgefühl bei Hawkins. Er fühlte sich so hilflos. Wie sollten er und John Sinclair ein so mächtiges Grauen stoppen können?

Esra stand vor ihm und nickte. »Ich spüre, daß du aufgegeben hast. Das ist auch besser so. Ein jeder Mensch muß wissen, wann er sein Leben beendet. Was danach kommt?« der Mann hob die Schultern. »Für uns wird es ein besonderes Paradies sein. Wie es für dich aussehen wird, das weiß ich nicht.«

Brett schwieg. Es hatte keinen Sinn, dagegen zu sprechen. Er wußte zudem nicht, woher er den Optimismus nehmen sollte. Rechts und links standen die Männer, die ihn festhielten. Auf einen Wink des Anführers hin setzten sie sich in Bewegung und drückten ihn gleichzeitig vor. Es blieb ihm keine andere Wahl, er mußte seine Füße einfach bewegen und ging zwischen ihnen her.

Nicht alle folgten ihm. Hadam Esra aber ging vor, und er verließ als erster das Haus, um in eine klare Nacht hineinzutreten. Der Himmel war mit Sternen übersät und schien als Mittelpunkt den vollen Mond zu haben, der in einem satten Gelb leuchtete.

Die Erde schien zu schlafen, und Brett senkte den Kopf. Jeder Schritt schmerzte, jede Bewegung malträtierte seinen geschlagenen Körper. Auch wenn er es versucht hätte, er hätte sich kaum wehren können, und so ging er weiter zwischen ihnen her durch die enge Gasse, die stauberfüllt war, weil die Füße über den Boden schleiften. Im Licht der Sterne bekam der Staub einen silbrigen Glanz und sah aus, als hätten große Hände Puder verstreut.

Auch die Häuser kamen ihm wie Gefängnisse vor. Hier gab es keine Freundlichkeit, nur Feindschaft. An den Fenstern erschien kein Gesicht. In den Wänden lagen sie wie viereckige, geheimnisvolle Augen, die mehr verbargen, als sie zeigten.

Es wehte ein leichter Wind, der den feinen Staub aufwühlte. Wolken davon zogen an den Häusern entlang, krochen durch kleinste Ritze hinein.

Brett Hawkins kam sich vor wie ein Mann, der zur Hinrichtung geführt wurde. Nur würde er nicht auf dem Schafott landen, sondern woanders. Die Orientalen konnten grausam sein, was das Erfinden von Strafen anging. Er wollte erst gar nicht darüber nachdenken, sondern sich ›überraschen‹ lassen.

Noch gingen sie durch den Ort. Ab und zu war ein Fahrzeug zu sehen. Jeder Wagen wirkte so, als wäre er einfach nur abgestellt worden. In Anat war die Zeit stehengeblieben. Autos kamen Brett vor wie Mitbringsel vom Mond.

Sein Gedächtnis arbeitete noch. Er überlegte immer wieder, ob ein Erwachen der Göttin tatsächlich eintreten konnte. Er selbst konnte daran nicht glauben, mußte allerdings eine Einschränkung machen, denn das Schicksal der beiden Mitarbeiter war schlimm gewesen. Da hatten selbst die Experten vor einem Rätsel gestanden.

Nur die Tritte waren zu hören. In der engen Gasse gaben sie dumpfe Echos ab, die an den Hauswänden hochkrochen, als wollten sie unbedingt die flachen Dächer erreichen.

Brett überkam das Gefühl, als würde dieser Ort nie ein Ende nehmen. Für ihn verging die Zeit langsamer, sie war träge geworden. Sekunden verwandelten sich in Minuten, aber die Furcht vor dem nahen Ende vergrößerte sich zusehends, weil es für ihn keine Ablenkung gab und er im dumpfen Gleichschritt daherging.

Plötzlich hörte er ein anderes Geräusch.

Es paßte nicht zu den Geräuschen der Tritte und war zudem außerhalb des Ortes aufgeklungen, dessen Ende sie mittlerweile erreicht hatten. Der Blick des Engländers glitt ins Freie, er kannte die Gegend. Sie blieben nicht auf der schmalen Piste, sondern wandten sich nach rechts, tief hinein in das freie, steinige, hin und wieder von staubigen Dornbüschen bewachsene Gelände, über das der Wind frei hinwegfegen konnte.

Das Geräusch aber blieb und verstärkte sich sogar noch. Es drang aus dem Boden. Brett hatte es zunächst nicht identifizieren können, nun aber erinnerte es ihn an ein leises, seltsames Singen, das bestimmt nicht ihm gewidmet war.

Außerdem hörten sich die Klänge klagend und gleichzeitig flehend an, und wenn er richtig gehört hatte, setzte sich das Singen ausschließlich aus weiblichen Stimmen zusammen.

Das mußten die Opfer sein, zu denen er auch bald gehören würde. Als ihm dies klar wurde, versteifte er sich unwillkürlich, was seinen Begleitern überhaupt nicht paßte, denn durch harte Griffe und hörbare Beschimpfungen drückten sie ihn wieder vor.

So stolperte er in das flache Land hinein. Mit der Dunkelheit war auch die Kühle gekommen, der Mann fror.

Das Jammern schwebte ihm entgegen. Einige Männer waren vorgelaufen und hatten Fackeln angezündet, die im Boden steckten und ein Viereck bildeten. Sie rahmten etwas ein, das von seiner Oberfläche her das Fackellicht reflektierte und Brett leicht blendete, so daß er nichts Genaues erkennen konnte.

Die Männer erwarteten ihn. Die anderen schoben in näher an das Fackelviereck heran und zerrten ihn zurück, als er dessen Rand erreicht hatte.

Jetzt konnte er schauen.

Die Reflexionen stammten von einem viereckigen Gitter, das im Boden eingelassen worden war und mit seinen Quer- und Längsstäben eine Grube abdeckte.

Sie war gefüllt.

Er schaute durch die Lücken und sah die gequälten Gesichter der Frauen, die ihre Hände ausstreckten, die Arme so weit wie möglich dabei gereckt hatten und es trotzdem nicht schafften, sich an den Stäben des Gitters festzuklammern, weil es einfach zu hoch lag. Er zählte die bleichen, angstverzerrten Gesichter nicht, aber die Grube war für diese Anzahl von Menschen verdammt klein, so daß die Personen eingepfercht worden waren.

So etwas war menschenunwürdig. Nicht zum erstenmal fühlte er sich wieder an biblische Zeiten erinnert. Nichts hatte sich hier geändert. Noch immer war alles so geblieben wie früher, und keiner dachte daran, etwas zu verändern, im Gegenteil, denn sie beriefen sich wieder auf ihre alten, finsteren Götzenrituale.

Hadam Esra war neben ihn getreten. »Schau hinein in die Grube«, flüsterte er. »Da siehst du diejenigen Personen, die der großen Göttin geopfert werden, wenn sie erscheint. Es sind die Frauen, die ihr dienen wollen und sich freuen, für Astarte in den Tod gehen zu dürfen.«

»So erscheinen sie mir aber nicht«, erwiderte Hawkins. Er wunderte sich, daß er noch den Mut besaß zu widersprechen.

Neben ihm bewegte sich Esra. Etwas Schwarzes drückte er dabei in die Höhe. Es war das Schnellfeuergewehr des Engländers. Er hatte es an sich genommen und setzte Brett die Mündung gegen den Hals.

»Was soll das? Willst du mich erschießen?«

»Ich hasse es, wenn man mir widerspricht.«

»Klar, aber ich habe nur meine Meinung gesagt. Ist das ein Fehler?«

Esra gab keine Antwort. Der Gewehrlauf rutschte nach unten. Mit der anderen Hand gab Esra ein Zeichen.

Alles war genau einstudiert. Zwei Männer bückten sich und lösten die Fleischerhaken aus den Ösen der aus dem Boden schauenden Stäbe. Die Haken hingen an Lederriemen, auf diese einfache Art und Weise war das schwere Eisengitter in seiner Lage gehalten worden. Gleich vier Männer kamen noch hinzu, um es in die Höhe zu zerren. Sie kippten es, damit der Gefangene ohne Schwierigkeiten in die Grube klettern konnte, wo sich die Frauen zusammendrängten, um ihm Platz zu schaffen.

Mit dem Gewehrkolben malträtierte Esra den Rücken des Engländers. Brett mußte einfach schreien. Er hockte auf dem Rand. Der Stoß katapultierte ihn nach vorn in die Grube.

Er fiel gegen den Pulk der Frauen, die ihn zwar aufhielten, aber nicht halten konnten, so daß einige unter dem Gewicht des Mannes in die Knie brachen.

Brett Hawkins lag noch in der schrägen Haltung, als er hinter sich das dumpfe Geräusch hörte, mit dem das Gitter wieder aufschlug. Zwei Männer befestigten es, waren zufrieden und traten zurück.

Hadam Esra lächelte. Mit dem Gewehr in der Hand drehte er sich um, weil er hoch zum Berg Anat schauen wollte. Der Berggipfel stach in den Sternenhummel. Die Luft war sehr klar, deshalb malte sich der Berg konturenscharf ab.

Die Augen des Jordaniers glänzten. »Bald«, flüsterte er, »bald ist es soweit. Dann wirst du frei sein, dann wirst du deine Fesseln sprengen und wieder so werden, wie du einmal gewesen bist. Oh, ich freue mich darauf, denn das wird zu einem Fest werden für uns alle. Er reckte ihr einen Arm entgegen, als wollte er dem Berg einen besonderen Gruß anbieten. Danach drehte er sich wieder um und schaute durch das Gitter, weil er nach dem Gefangenen sehen wollte.

Brett Hawkins war nicht knien geblieben. Er hatte sich erhoben, auch wenn es ihm schwerfiel, auf den Beinen zu bleiben. Er wußte selbst nicht, wie es kam, daß er keine Schwäche zeigen wollte. Vielleicht lag es am Vorhandensein der Frauen, so daß ein gewisser Männlichkeitswahn noch durchbrach.

»Wir werden uns wohl nicht mehr sehen«, sprach

Esra und nickte ihm durch das Gitter zu. »Du hast noch eine Galgenfrist. Wenn du sie für deine Gebete nutzen willst, ich habe nichts dagegen, aber helfen wird dir keiner mehr. In dieser Nacht wird Aschera erwachen und sich ein Opfer nach dem anderen holen, das verspreche ich dir. Auch du wirst an die Reihe kommen. Leider kann ich dir nicht sagen, an wievielter Stelle du sein wirst, aber rechne mit allem.«

»Fahr zur Hölle, du Bastard!« Hadam Esra konnte nur lachen. Er legte den Kopf dabei zurück, um das Gelächter gegen den Himmel zu schicken. Er war hier der große Sieger. Er und kein anderer.

Die Bewohner des Ortes gingen weg. Brett Hawkins hatte sich von den anderen Gefangenen gelöst und schaute gegen das Gitter. Nur der Widerschein des Feuers tanzte über die Stäbe. Die Männer selbst konnte er nicht mehr sehen. Er hörte nur, wie ihre Schritte allmählich verklangen, und auch er senkte den Kopf.

Ungefähr eine Minute blieb er in dieser depremiert wirkenden Haltung stehen, bevor er sich langsam zu seinen Leidensgenossinnen hin umdrehte, die sich verschüchtert zusammengedrängt hatten und ihn furchtsam anschauten.

Brett kam sich so hilflos vor. Er hob die Schultern, ließ sie wieder sinken und sagte, weil er seinen trockenen britischen Humor noch nicht verloren hatte: »Well, Ladies, da bin ich nun. Machen wir es uns so bequem wie möglich.« Nach diesen Worten mußte er selbst lachen. Dann starrte er die Frauen an.

Sie schauten zurück. Ihre Augen bewegten sich kaum und blieben ebenso starr wie ihre Gesichter. Sie waren verschwitzt. Bei manchen sah die Haut aus wie kaltes Hammelfett, andere wiederum wurden vom Schein des Feuers erreicht, der ihren Gesichtern einen maskenhaften Ausdruck verlieh. So unterschiedlich sie auch aussahen, eines jedoch hatten sie gemeinsam – die Angst.

»Keine Sorge, Ladies, ich tue euch nichts. Ich bin auch nur ein Mann, versteht ihr? Ach, Scheiße!« schrie er plötzlich und sprang in die Höhe. Brett wollte das Gitter zu fassen bekommen, um daran zu rütteln. Vielleicht gelang es ihm, die Verankerung zu lockern. Das Gitter war zu hoch, nicht einmal mit den Fingerspitzen hatte er es berührt.

Er sackte in die Knie, fluchte dabei und schaute sich die Frauen an. Egal wie alt sie waren. Ob junge Mädchen oder Großmütter, man hatte sie zusammengepfercht wie die Tiere und ihre Furcht bis an die Grenzen getrieben.

Der Boden bestand aus Lehm, auf dem sich auch kleinere Steine verteilten. Hin und wieder rieselte auch Staub von den Schachtwänden als dünne Fahnen nach.

»Versteht jemand meine Sprache?« fragte er.

Keiner gab Antwort.

»Noch mal, Ladies, wer von euch spricht etwas Englisch?«

Aus der hinteren Reihe drängte sich jemand vor. Es war eine noch jüngere Frau. Sie trug ihren Schleier nicht mehr, nur ein graues, kleidähnliches Gewand. Die Augen lagen wie dunkle Kugeln in den Höhlen und waren von den Zügen eines feingeschnittenen Gesichts umgeben. Man konnte sie als eine orientalische Schönheit bezeichnen.

»Ich spreche deine Sprache.«

»Sehr gut?«

»Ich glaube schon.«

Brett Hawkins hatte seinen Mut wiedergefunden. »Na, das ist ja wunderbar«, sagte er, »da bin ich nicht so allein. Du kannst dir vorstellen, was ich will?«

»Ja, hier raus.«

»Natürlich, aber es ist zu hoch.«

Er deutete dann gegen das Gitter. Man müßte es aufstemmen.«

»Wie denn?«

»Indem ich mich auf eure Schulter stelle. Ihr müßt eine Pyramide bilden.«

Sie schaute ihn an, sagte nichts.

»Hast du nicht verstanden?«

»Schon.«

»Dann sag es den anderen. Noch eines, Kleine. Wie heißt du eigentlich?«

»Chena.«

»Gut, Chena. Bist du einverstanden, daß wir es gemeinsam versuchen? Wir müssen nur wollen.«

Sie schüttelte den Kopf. »Das wird nicht gehen, Fremder.«

»Scheiße. Und warum nicht?«

Chena gab keine konkrete Antwort. »Ich spreche zunächst mit den anderen Frauen.«

»Ja, tu das. Und beeil dich! Ich habe keine Lust, ein Fraß für diese verdammte Göttin zu werden. Sie soll sich zur Hölle scheren, wo sie hingehört.«

Viel Hoffnung hatte er nicht.

Diese Frauen konnte man nicht zu den Kämpferinnen zählen. Sie hatten sich in ihr Schicksal ergeben, sie waren ja nichts anderes gewohnt. Wer aus einem Dorf wie Anat stammte, der hatte von der übrigen Welt so gut wie nichts gehört. Er lehnte sich mit dem Rücken an die Wand, verschränkte die Arme vor der Brust und versuchte, so ruhig wie möglich zu bleiben.

Nur keine Hektik, nur nichts überstürzen. Ruhig durchatmen, sich wieder finden, jetzt stand er sowieso außen vor.

Die gefangenen Frauen wisperten und flüsterten miteinander.

Es hörte sich an, als würde die Grube voller Schlangen stecken, die sich erst jetzt aus den Verstecken herausgetraut hatten.

Die Frauen redeten zwar leise, dafür bewegten sie sich aber hektisch und ›sprachen‹ auch mit den Händen und Armen.

Zu einem Erfolg kam Chena nicht, das erkannte Brett an ihrem Gesichtsausdruck, der immer mehr verfiel. Schließlich drehte sie sich um.

»Muß ich noch andere fragen?«

»Ich glaube nicht.«

Brett senkte den Kopf.

Für einen wahnsinnig langen Moment fühlte er sich schrecklich und so verlassen. Seine Halsmuskeln zuckten, als er schluckte, dann quälte er jedoch ein Wort über die Lippen. »Warum, zum Teufel? Warum wollen sie nicht? Es ist zwar nur eine kleine Chance, aber immerhin eine, und sie ist besser als keine. Was soll man denn noch tun?«

»Du mußt sie verstehen.«

»Ach ja?«

»Sie sind eben anders als ich. Schau, ich habe das Dorf verlassen und war in Amman auf einer Schule. Sie aber kennen nichts anderes. Ihr Glaube ist sehr stark. Die Schrift sagt, daß sich ihnen nach dem Tod das Paradies öffnet. Deshalb nehmen sie die Leiden und die Restriktionen im Leben auf sich. Der Islam ist eine Männergesellschaft. Später aber werden sie es besser haben.« Er nickte. »Schon gut, du brauchst nichts mehr zu sagen. Ich kenne das, habe ja hier gearbeitet. Denkst du eigentlich auch so?«

»Manchmal, wenn ich ehrlich sein will.«

»Und warum?«

»Immer, wenn ich hier in Anat bin. Da ist es mir, als wäre die Zeit stehengeblieben. Das ist eben so. Ich kann daran nichts ändern.«

Brett schielte hoch zum Gitter. Die Feuer brannten noch. Ihr Licht flackerte als Schein über den Rost hinweg. »Was hältst du davon, wenn wir beide es versuchen.«

Chena erschrak und ging einen Schritt zurück. »Wir sollen da oben . . .?«

Er winkte ab. »Ach, vergiß es, war nur so eine Idee. Ich schätze, daß wir festsitzen. Sind alle Frauen aus dem Ort hier?«

»Nein, eine fehlt.«

Er lachte plötzlich. »Die habe ich gesehen, denn sie öffnete mir die Tür.«

»Aber sie wird uns kaum befreien können.«

»Sag mal, Chena, glaubst du ebenfalls an die Göttin Aschera?«

»Ja, ihretwegen bin ich hier.«

Hawkins mußte schlucken.

»Das kann doch nicht wahr sein. Du bist eine junge Frau, die studiert hat oder was weiß ich. Wie kann man nur so verbohrt sein?«

»Willst du die Tatsachen leugnen?«

Er schlug gegen seine Stirn.

»Aber das sind doch alles Hirngespinste, nehme ich an.«

»Tatsächlich?«

»O verdammt, was stelle ich mit euch nur an! Das ist ja alles furchtbar. Das ist der nackte Wahnsinn, das ist einfach verrückt.«

»Es tut mir leid, aber ich kann daran nichts ändern. Wir müssen den anderen Kräften gehorchen.«

Er schaute sie an. »Ja, allmählich glaube ich das auch.«

Mit dem Rücken über die Schachtwand streifend, ließ er sich in die Hocke sinken und vergrub sein Gesicht in beide Hände.

Ein Mann hatte sich in sein Schicksal ergeben ...

Das war eine Eröffnung mit Paukenschlag gewesen. Ich hatte ja vieles erwartet, so etwas allerdings nicht.

Astarte war die Braut des Spuks?

Entsprach dies der Wahrheit? War es Lüge? Welchen Grund sollte der Spuk für eine Lüge haben? Ich wußte keinen und schüttelte den Kopf, ohne daß es Sinn gehabt hätte.

»Hast du dich erholt, John Sinclair?«

»Nein, bestimmt nicht.«

»Glaubst du mir?«

Ich lachte in die Schwärze. Es klang dumpf, ein Echo kam nicht zurück, das Dunkel schluckte einfach alles. »Ja, du kannst beruhigt sein, ich glaube dir. Aber ich habe eine Frage. Willst du denn, daß Astarte erscheint?«

»Ich kann sie nicht daran hindern.«

»Das meinst du auch so?«

»Richtig. Es ist mir unmöglich, sie daran zu hindern. Du weißt selbst, daß es Gesetze gibt, die auch von uns nicht gestoppt werden können, auch wenn wir so mächtig sind. Das ist eben der gewaltige Kreislauf des Schicksals, der vor Milliarden von Jahren begann, als das entstand, was die Menschen als Welt und als Weltall bezeichnen, als den Ursprung von allem.«

»Da war sie schon da?«

»Nein, ich auch nicht. Aber wir haben uns entwikkelt. Es gab viele Kulturen, viel Leben, nicht nur auf der Erde, sondern woanders.«

»Du sprichst von den Sternen?«

»Richtig.«

»Dann, so kann ich mir vorstellen, hat Astarte auch indirekt mit dir und deiner Vergangenheit zu tun.«

»Richtig.«

»Und wieso?«

»Um dir die Antwort zu geben, müßte ich über mich berichten und auch über meine Entstehung.«

Ich war alarmiert.

Das andere Ereignis war vergessen. Die Entstehung des Spuks zu erfahren, wäre ideal gewesen. »Ich habe Zeit und würde es gern wissen.«

»Das glaube ich dir sogar.«

»Fang an!« Ich grinste schief. »Wir sind schließlich unter uns, auch wenn wir in Astartes Leib stecken sollten. Ich bin jedenfalls bereit, Spuk.«

»Gut, ich werde ein Geheimnis lüften, das mit mir, den stummen Göttern und auch dem Sternevampir Acron zusammenhängt. Wie du jetzt schon hörst, geraten wir in einen alten Kreislauf hinein, der dir ja nicht unbekannt sein düfte.«

»Verflucht, das stimmt.«

»Ich kann dir keine genauen Zeiten nennen, denn ich müßte da in Millionen von Jahren reden. Aber du mußt mir glauben, daß es irgendwann einmal einen Hohen Rat gegeben hat, dem auch ich angehörte. Er bestimmte über die Geschicke gewisser Welten, und ich war mit manchen Entscheidungen nicht einverstanden. So kam es dann, daß man mich als Verräter ansah und mich eigentlich vernichtet hätte. Dazu kam es nicht, denn ich gehörte dem Hohen Rat an. So wurde ich nur verbannt. Ich kam von den Sternen auf eine andere, leere öde

Welt, eben dieser. Sehr bald merkte ich, daß sie nicht so öde war. Es herrschten die mächtigen Dunklen Kräfte, die Magie feierte ihre ersten Triumphe, so daß ich viel, sehr viel lernen konnte. Das war mir nicht genug. Ich fand den Schlüssel zur Rückreise, also reiste ich wieder zu den Sternen, wo ich eine bestimmte Gestalt traf.«

»Acron!«

»Ja, den Sternenvampir, mit dem du auch schon zu tun gehabt hast. Von ihm lernte ich noch mehr und wurde immer mächtiger. Aber Acron besaß ebenfalls Feinde. Er wurde von den stummen Göttern gejagt, weil er einmal selbst ein stummer Gott gewesen ist, der sich aber aus dem Kreis gelöst hatte und den mächtigen Luzifer nicht jagen wollte. Sein Schicksal glich dem meinen. Aber Acron war mächtig, viel stärker als ich. Und er war grausam. Er ließ sich von den stummen Göttern nicht einschüchtern, er wollte eigene Siege erringen, jagte nicht nach Luzifer, sondern verfolgte die Großen Alten. Damals lebten sie auf und in einer eigenen Welt, die mehr aus den Gedanken bestand, die andere durch ihre Träume schufen. Acron gelang es, die Welt der Großen Alten zu zerstören, während ich dabei nur Zuschauer war. Aber ich hatte aufgepaßt, denn ich stahl Acrons Schatten und wurde so zum Spuck. Denn dieser Schatten verdeckte meine eigentliche Gestalt. Ich trat so vor die Großen Alten, denn ich wollte zu ihnen. Sie aber erklärten mir, daß ich mich erst bewähren müßte. Sie wollten auch sehen, ob ich ein Verräter war. Ich fragte sie nach einer Aufgabe, und sie schickten mich in die Dimension der Echsen, um diese Welt zu zerstören. Es gelang mir. Ich wurde selbst zu einer Echse und hatte meine ursprüngliche Gestalt verloren. Du kennst sie noch, du hast den Kopf gesehen, die weiße Maske im Dämonensarg, den Schädel ohne

Namen, deshalb auch der Namenlose. Das liegt bei dir schon einige Zeit zurück, aber du wirst dich an das Abenteuer erinnern . . .«*

»Sicher«, flüsterte ich, noch immer unter dem Eindruck des eben Gehörten stehend, »daran kann ich mich erinnern. Ich habe den Schrein ja geöffnet.«

»Das weiß ich noch, und man hat dir damals geraten, nicht weiter nachzuforschen und an den Grundfesten des Seins zu rütteln. Dein Helfer erschien, John.«

»Der Seher.«

»Sehr gut.«

»Hast du so dem Großen Rat angehört? Nicht als Schatten, sondern als weiße Gestalt, von der ich den Kopf sah?«

»Ja, so sah ich einmal aus. Das ist vorbei. Ich stahl Acron den Schatten und war von nun an ein anderer, der Spuk in einer Welt für sich, denn der Schatten gab mir Macht. Diese von mir gesteuerte Welt bekam eine neue Aufgabe. Ich wurde zu einem Sammler der toten Dämonenseelen. So hat der Schatten des Sternevampirs Acron immer wieder Nachschub bekommen. Durch meinen Besitz des Schattens ist Acron weniger mächtig. Er war auch als der Planetenfresser bekannt, aber das liegt sehr lange zurück und ist dämonische Geschichte.« Ich konnte es noch immer nicht fassen, daß ich in einem Berg stand und endlich gehört hatte, wie der Spuk entstanden war. Schon immer hatte ich das wissen wollen, war Hinweisen nachgegangen, und nun hatte ich alles erfahren.

Nein, nicht alles. Ich mußte noch herausfinden, wie er zu Astarte gestanden hatte und wie die beiden überhaupt zusammengekommen waren. »Ich freue mich

*Siehe John Sinclair Band 388: ›Der Dämonensarg‹

natürlich, daß du ausgerechnet mich in dein Vertrauen gezogen hast, nur sehe ich leider keine Verbindung zu Astarte. Wie bist du an sie gelangt?«

»Das ist eine andere Geschichte.«

Ich sprach locker. »Wenn du schon einmal dabei bist, dann erzähle sie mir auch.«

»Zwischen beiden Vorgängen liegt eine ungeheure Zeitspanne. Ich habe sie überstanden, trotz zahlreicher Behinderungen. Ich war der Spuk, ich war der Schatten, man akzeptierte mich als Reich an sich, denn wo sollten sonst die Seelen der vernichteten Dämonen hin. Natürlich hatte ich auch Gegner, du kennst Luzifer, das absolut Böse überhaupt. Luzifer setzt sich aus drei Teilen zusammen, aus Asmodis, Beelzebub und Baphometh. Das war mein Glück, denn das Böse drängte immer in verschiedene Richtungen, weil jeder Teil eine gewisse Macht an sich reißen wollte. Hätten sie mich konzentriert angegriffen, wäre ich längst verloren gewesen, so aber konnten sie mir höchstens Nadelstiche versetzen, die mich nicht vernichteten. Ich sorgte für meine eigene Existenz und trieb durch Welten und Dimensionen. Ich erlebte Atlantis mit, ich sah die Reiche mächtiger Dämonen, ich sah aber auch das Werden der Menschheit und wie sie den Göttern dienten.«

»Das war Astarte!«

»In einer Zeit, John Sinclair, die du Urzeit nennst, gab es den Dämon Baal. Ihm dienten zahlreiche Gruppen, die aus den Tiefen der Ebenen kamen, um hier den Jordan und das Land Kanaan zu erreichen. Sie gründeten die ersten Siedlungen, denn hier fanden sie fruchtbare Täler vor, und sie sehnten sich nach den Göttern. Baal wurde zum Hauptgott der Kanaaniter, denn er war schon von den Babyloniern verehrt worden. Man brauchte nur zu übernehmen. Und Baal wurden die

Opfer geweiht, aber er war kein Fruchtbarkeitsideal, das mußte eine andere übernehmen, die Himmelsgöttin Astarte, die gewaltige Erscheinung, das Sinnbild einer Frau, wie die Kanaaniter sie sich vorstellten. Und sie erschien. Sie trat ins Helle.

Baal fand Gefallen an ihr. Er nahm sie zu seiner Gemahlin, fortan wurden beide verehrt. Beiden brachte man Opfer dar. Der Göttin die Frauen und Kinder, dem Gott die Männer und Jungen, und ich konnte beobachten.«

»Dann hast du Baal die Frau weggeschnappt, wie?«

»So ähnlich ist es gewesen. Die Göttin war triebhaft, sie wollte sich nicht mit einem Götzen an ihrer Seite zufriedengeben, und so wurde sie auch meine Braut.«

»Was tat Baal?«

»Er merkte zunächst nichts. Erst als Astarte anfing, sich für Dämonenseelen so offen zu interessiern, wurde er aufmerksam. Er stellte sie zur Rede, sie stritt nichts ab, und ich beobachtete als lachender Dritter.«

»Warum tötete er sie nicht?«

»Sie war vielleicht zu stark. Außerdem lauerte ich im Hintergrund. Aber Baal hat über sie gewonnen. Er verfluchte sie, er verwandelte sie, er schuf aus ihr einen Berg, in dessen Bauch du dich befindest. Es ist der Berg Anat. So wurde die Göttin ja von vielen Menschen genannt, und der Name ist ein Hinweis auf sie. Ich konnte nicht eingreifen, weil ich mich zu der Zeit mit anderen Feinden beschäftigen mußte. Aber der Berg ist geblieben, und Baal hat Astarte auch nicht für immer verflucht. Er hat ihr eine Zeit gesetzt. Zuerst wurde sie schwach, doch als mehr als die Hälfte der Zeit vergangen war, regenerierte sie sich. Da wurde sie plötzlich stärker, da gab sie ihren Einfluß an diesen Berg ab und veränderte seine Struktur. Jeder Stein, jedes Staubkorn wurde von ihrem Geist durchzogen und war magisch aufgeladen. Gleichzeitig auch tödlich für Menschen, die ihr zu nahe kamen, was du ja bei deinen Londoner Freunden erlebt hast, John Sinclair.«

»Es sind nicht meine Freunde gewesen.«

»Aber es waren Menschen.«

»Das stimmt.«

Der Spuk fuhr fort. »Die Menschen in dieser Gegend merkten sehr bald, daß der Geist der Himmelskönigin zurückkehrte, denn sie hatten die alten Legenden nicht vergessen, auch wenn eine so lange Zeit mittlerweile vergangen war. Wir befinden uns hier im Orient, in einem Land, wo sich die Geschichten halten und immer weitererzählt werden. Aschera ist hier ein Begriff gewesen, und es gibt nicht wenige Menschen, die sich ihr wieder zukehrten, als sie merkten, was sich tat und daß sich die Göttin auf eine Rückkehr vorbereitete. Viel älter als ihre jetzige Religion ist ihre Verehrung, und sie rotteten sich zusammen. Sie dachten wieder darüber nach, daß es einen Ort gibt, der Anat heißt und am Fuß des gleichnamigen Berges liegt. Plötzlich wußte jeder, daß die Himmelskönigin erscheinen würde. Man war darüber informiert, daß sie in einem Gefängnis steckte, dessen Fesseln sie jedoch brechen würde. Man beschwor sie in einsamen Wüstennächten, man erinnerte sich wieder der alten Beschwörungsriten, man führte sie durch und bekam Kontakt, der so direkt war, daß die Menschen sogar den genauen Zeitpunkt ihrer Rückkehr in Erfahrung bringen konnten. Es wird diese Nacht sein. Aber es gab ein Problem. Es waren die Europäer, die den Auftrag bekamen, das ungewöhnliche Gestein des Berges zu untersuchen. Der Regierung Jordaniens war die Art des Massivs nicht entgangen. Sein Wuchs, seine Form, sein Material, das sich von dem der anderen Berge unterschied. Als die Männer eintrafen, war es für sie bereits zu spät. Da hatte Aschera schon die erste Phase ihres Erwachens erreicht. Ihre Diener wußten dies, die Europäer nicht. Man sagte ihnen auch nichts. Sie alle wären vernichtet worden, hatten aber Glück, daß der Krieg am Golf dazwischenkam und sie gezwungen waren, das Land zu verlassen. So hat es nur die beiden erwischt, die sich am intensivsten mit dem Problem beschäftigten. Und du hast in London erlebt, was dabei herausgekommen ist.«

»Stimmt. Ich kann bisher alles nachvollziehen, auch wenn es ein wenig viel auf einmal ist. Nur begreife ich dich nicht.«

»Weshalb nicht?«

»Du müßtest doch eigentlich froh sein, wenn deine Braut zurückkehrt. Dann kannst du mit ihrer Hilfe deine Macht vergrößern und dein Endziel, die große Herrschaft, erreichen.«

»Ja, John Sinclair, du denkst im Prinzip richtig. Meine Gedanken jedoch bewegen sich auf anderen Wegen. Ich weiß, daß Astarte, wenn sie denn erscheint, einen Weg einschlagen wird, der nicht dem meinen entspricht. Sie will Macht, sie will herrschen, sie wird versuchen, alles an sich zu reißen und gewisse Gefüge zu zerstören, an die ich mich, so schwer es mir auch gefallen ist, gewöhnt habe. Wenn sie erscheint, wird sie nicht nur ihren Kult aufzubauen versuchen, sondern auch den ihres finsteren Gatten. Sie hängt noch immer an Baal, sie mag ihn, er ist für sie der absolut Höchste. Daran mußt du denken, das heißt, ich habe es getan und habe dir deshalb diesen Hinweis gegeben, dem du auch gefolgt bist, weil du nicht anders konntest, denn so gut kenne ich dich, John.«

Ich mußte lachen, denn so etwas hatte ich selten

gehört. Vom Spuk erst recht nicht. »Soll das etwa heißen, daß ich dich im Kampf gegen Aschera unterstützen werde?«

»Das hatte ich gedacht.«

»Du schaffst es nicht allein?«

»Ich bin mir nicht sicher. Wahrscheinlich ja, wenn ich gegen diese antrete, aber da existieren noch ihre Diener, die auf sie warten und die Opfer schon bereithalten. Es sind die Menschen aus Anat. Sie alle warten auf Astartes Rückkehr.«

»Glaubst du denn, daß ich dir helfen werde?«

»Ja.«

Ich nickte in die Schwärze hinein. »Dann laß mich fragen, was dich so sicher macht?«

»Du willst die Ordnung auch nicht weiter gestört sehen.«

»Ich könnte auch der lachende Dritte sein, so wie du es immer gewesen bist.«

»Dann hättest du dich geändert.«

»Man paßt sich eben an.«

»Du wirst nicht anders können, John Sinclair!« sprach er mit harter Stimme. »Denk daran, daß du nicht allein gekommen bist. Wenn du diesen Berg verläßt, wird nichts mehr sein wie zu dem Zeitpunkt, als du ihn betreten hast.«

»Was hat sich geändert?«

»Äußerlich nichts, aber die Bewohner von Anat stehen bereits unter dem Bann der Göttin.«

Ich brauchte den Spuk nicht nach irgendwelchen Beweisen zu fragen, denn ich wußte, daß er nicht gelogen hatte. In der Tat konnte die Macht der Himmelsgöttin die Diener bereits verändert haben. Ich war mir da sogar ziemlich sicher. Da er jedoch auf meine Hilfe so erpicht war, versuchte ich es mit einer Bedingung.

»Ich werde an deiner Seite stehen, doch ich möchte dafür etwas von dir haben.«

Die Augen tanzten wieder. Einmal waren sie oben, im nächsten Moment unten. Wahrscheinlich amüsierte er sich über meine ›Frechheit‹.

»Bedingungen, John Sinclair?«

»Mehr eine Forderung.«

»Welche.«

»Gib mir den Trank des Vergessens zurück!«

Der Spuk war sprachlos, wenn ich das bei dieser wolkenartigen Erscheinung mal so formulieren darf. Der Trank des Vergessens war etwas Besonderes. Der Spuk hatte mir erklärt, daß er uralt war und die Entstehung der Zivilisationen miterlebt hatte. Nicht nur das, auch die Untergänge hatte er beobachtet. So wußte er sehr genau über Atlantis Bescheid, wo einst ein mächtiger Mann seine Fäden gezogen hatte. Delios, ein Weiser, und der Vater von Kara, der Schönen aus dem Totenreich, die zusammen mit Myxim und dem Eisernen Engel – beide stammten ebenfalls aus Atlantis – bei den Flammenden Steinen lebte. Ihr Vater hatte ihr nicht nur das Schwert mit der goldenen Klinge vererbt, sondern auch den Trank des Vergessens, den der Spuk geraubt hatte. Kara trauerte um diesen Trank, denn er brachte es fertig, ihren Geist in andere Dimensionen hineingleiten zu lassen, so daß sie nicht unbedingt immer auf die Magie der Flammenden Steine angewiesen war.

»Er gehört dir nicht!«

»Dir auch nicht, Spuk. Aber ich werde ihn der Person zurückgeben, die ihn braucht.«

»Kara kommt auch so durch.«

»Du willst ihn nicht abgeben.«

»Ich bestimme, wann ich ihn hergebe. Ich habe schon

geholfen, erinnere dich, als Magico meine Macht zerstören wollte.«

»Alles klar, da hast du ihr zwei Tropfen überlassen. Ich aber will alles.«

»Nein!«

Es war sein letztes Wort, so gut kannte ich ihn mittlerweile. Ich versuchte es trotzdem. »Dann wirst du auf meine Hilfe verzichten müssen. Ich schaue zu, wie Astarte . . .«

»Du kannst zuschauen, John Sinclair. Ich möchte es sogar. Aber du wirst gezwungen werden, in die Auseinandersetzungen einzugreifen, da es keinen anderen Weg gibt. Auch wenn du dich noch so dagegen wehrst, du stehst auf meiner Seite, und dabei bleibt es.«

»Wir werden sehen.« Mein Widerspruch klang bereits nicht mehr ganz so überzeugend.

»Ja, das werden wir auch.«

Er fügte nichts mehr hinzu, aber ich merkte sehr deutlich, daß sich etwas veränderte.

Die Dunkelheit blieb, aber nicht die Schwärze. Es ist schwer für mich, dies zu beschreiben, die Finsternis kam mir grauer vor als in den letzten Minuten, und ich holte wieder meine kleine Lampe hervor. Der Strahl schnitt in das Dunkel hinein, und es war nichts vorhanden, was ihn aufgesaugt hätte.

Also war er weg!

Ich atmete tief durch und fühlte mich von seinen Erklärungen und Erläuterungen wie benommen. Niemals hätte ich es für möglich gehalten, daß er sich ausgerechnet mir so stark offenbaren würde. Da mußte er schon in einer Klemme stecken.

Leider war sie nicht so stark, daß ich Bedingungen stellen konnte. Es wäre auch zu schön gewesen, denn im Prinzip waren der Spuk und ich Feinde. Dabei hätte ich den Trank des Vergessens so gern gehabt, um ihn meiner Freundin Kara überreichen zu können.

Es fiel mir schwer, die Gedanken in eine andere Richtung zu lenken, aber ich war nicht allein gekommen. Brett Hawkins hatte draußen auf mich warten sollen. Zu Beginn hatte es so ausgesehen, als wäre das der einfache Teil des Spiels gewesen. Nun war ich mir da nicht mehr sicher. Ich konnte mir gut vorstellen, daß Hawkins bereits in den Strudel der Ereignisse hineingerissen worden war, und konnte nur hoffen, daß er richtig reagiert hatte und geflohen war. In irgendein Versteck, in dem er auf mich warten konnte.

Astarte war der Berg, der Berg war sie. Ein weiblicher Götze, verzaubert durch eine Schwarze Magie, hingestellt in das Gebirge, das sich in langen, langen Jahren gebildet hatte. Wie war es möglich, daß ich bisher keine Spur von ihr und ihrer eigentlichen Gestalt entdeckt hatte, obwohl diese doch nicht vernichtet worden war?

Wenn ich dem Spuk glauben schenken durfte, dann würde der Berg in dieser Nacht auseinanderbrechen. Wahrscheinlich glich er dann einem Vulkanausbruch, der den Körper einer mächtigen Göttin entließ. Bei Vulkanausbrüchen wiesen schon vorher bestimmte Anzeichen darauf hin. Nach denen suchte ich in dieser Höhle ebenfalls.

Der Lichtschein zuckte über die Wände, er leuchtete hinein in Spalten, kleine Vertiefungen und Risse, doch eine Spur von Leben fand er nicht. Das Gestein blieb tot, obwohl es nicht tot war. Ich hatte den Eindruck, als würde sich manchmal etwas bewegen, immer dann, wenn die Einschlüsse hell waren und manchmal blitzende Reflexe zurückwarfen. Das konnte auch eine Täuschung sein, wenn mir die überreizten Nerven einen Streich spielten.

Ich trug natürlich mein Kreuz bei mir, holte es hervor, um zu schauen, ob es auf diese fremde Magie reagierte.

Nein, es lag auf der Handfläche im Lampenschein und zeigte keinerlei Veränderungen. Es war nicht heller, aber auch nicht dunkler geworden, was in dem Schatten möglich gewesen wäre.

Die Stille im Stollen empfand ich als bedrückend und schlimm. Ich hätte lieber einige Geräusche gehört, ein schweres Atmen oder Brechen. Möglicherweise auch ein grummelndes Donnern, so hätte mir Aschera wenigstens Bescheid geben können, daß sie sich irgendwo verborgen hielt.

Nichts davon trat ein. Nur meine eigenen Schritte hörte ich, als ich mich Richtung Ausgang wandte. Er war leicht zu finden. Ich brauchte nur geradeaus zu gehen und lief schneller, als der Lampenkegel das Freie erreichte.

Endlich draußen!

Tief atmete ich durch. Mit dem Handrücken wischte ich über meine Stirn. Als ich auf die Haut schaute, war sie grau geworden. Ich hatte den Staub nicht nur auf der Haut liegen, ihn auch eingeatmet. Das war Scott Wilson und Sheldon Danning passiert. Die Folgen hatte ich zumindest bei Wilson hautnah miterlebt.

Stellte sich die Frage, ob das bei mir auch der Fall sein würde? Irgendwann, wenn ich es dann geschafft haben sollte, würde ich mich übergeben müssen und das aus meinem Körper hervorwürgen, was durch die Kraft der Göttin verändert worden war.

Ein Gedanke, der mich nicht gerade fröhlich stimmte, den ich allerdings zur Seite schob, denn ich hatte andere Sorgen. Wo fand ich Brett Hawkins?

Er hatte den Eingang im Auge behalten sollen. Durch meine eingeschaltete Lampe hatte er mich sehen können und hätte auch reagieren müssen. Das war nicht geschehen.

Er blieb verschwunden, und meine Unruhe darüber wuchs, daß Astarte bereits eine erste Schlacht gewonnen haben könnte . . .

Obwohl ich niemand sah, fühlte ich mich umzingelt. Bis zu den Wohncontainern war ich vorgelaufen, in der Hoffnung, meinen Begleiter dort entdecken zu können.

Er war nicht zu sehen. Ich hatte das Durcheinander im Innern der Container durchwühlt, aber keine Spur von Leben gefunden. Auch nichts von den Einheimischen. Sie schienen sich verkrochen zu haben, was nicht so unnormal war, schließlich warteten sie auf das Erscheinen ihrer Göttin Aschera.

Wenn sie Brett Hawkins in ihre Gewalt gebracht hatten – davon mußte ich ausgehen –, fragte ich mich natürlich, was sie mit ihm vorhatten. Würden sie so weit gehen, ihn zu töten?

Sie waren verbohrt, fanatisch, sie wollten die Göttin, sie dachten an die uralten Zeiten. Für all dies würden sie Opfer bringen, auch einen Menschen töten.

Ich schaute noch einmal zurück. Vor mir erhob sich der Berg Anat. Kaum zu glauben, daß er den Körper einer mächtigen Göttin beinhalten sollte. Er lag da in einem Meer von Schweigen, umarmt von anderen Berggipfeln, die allerdings weniger schroff in den sternenbedeckten Nachthimmel hineinragten. Sie waren flacher und erinnerten mich eher an die Buckel vorsintflutlicher Ungeheuer.

Der Spuk hatte sich zurückgezogen. Ich wußte aber, daß er dieses Gebiet unter Kontrolle halten würde. Einen Ausbruch konnte er nicht verhindern, meine

Hoffnung setzte ich auf die Zeit danach. Dann mußte er einfach angreifen.

Mit einem unguten Gefühl drehte ich dem Massiv den Rücken zu und näherte mich dem Ort. Die gewaltigen Bagger und Raupen bildeten dabei eine fremde Kulisse. Mochten sie auch noch so modern sein, sie würden die Jahrtausende nicht überleben wie die fremden Kräfte und Magien. Menschenleer wirkte der Ort. Als große Würfel standen sich die Häuser gegenüber, nur getrennt durch schmale Gassen und Straßen, in die oft kein Fahrzeug hineinpaßte.

Der Ort lag in einem bleiern wirkenden Schlaf, doch ich wußte, wie trügerisch er war.

Bei meinem Eintritt in den Stollen hatte noch etwas Wind geweht. Nun war er eingeschlafen. Nichts wehte mehr den Staub und feinen Sand zur Seite, so daß sie wie Tücher in der Luft hingen und ich sie beim Einatmen spürte.

Er lebte in meinem Gaumen, auf den Lippen ebenfalls, und ich verspürte einen großen Durst.

Im Schatten der ersten Hauswand blieb ich stehen. Die Menschen hatten auch sämtliche Lichter in den Häusern gelöscht, so daß kein Fetzen Helligkeit nach draußen drang. Für etwas Licht sorgten nur der Mond und die Sterne.

Ich spürte die Unruhe in mir, die einfach nicht weichen wollte. Es mußte etwas passieren, die Bewohner konnten nicht vom Erdboden verschluckt worden sein, und in den Berg waren sie auch nicht hineingegangen. Es sei denn, es gab einen zweiten Eingang, woran ich allerdings nicht glaubte.

Als einsamer Mann betrat ich eine der schmalen Straßen, die den kleinen Ort durchschnitten. Aus manchen Fenstern roch es nach dem letzten Essen. Einmal sah ich einen Hund, der auf einen Mauerrest sprang, um danach dahinter zu verschwinden.

Bis ich das Weinen hörte.

Sofort blieb ich stehen. Es weinte kein Mann, sondern eine Frau oder ein Mädchen. Ich drehte mich nach rechts. Dort war auch der Hund verschwunden, und ich konnte über den Rand der hüfthohen Brandmauer hinwegschauen.

Das junge Mädchen saß direkt dahinter und lehnte mit seinem Rücken an der Mauer. Es hatte mich noch nicht bemerkt und hockte dort so eingeigelt wie jemand, der von der ganzen Welt nichts mehr sehen wollte und sich für einen anderen Weg entschlossen hatte. Ich beugte mich links neben der Kleinen etwas weiter vor. Mein kurzes Räuspern erschreckte sie heftig. Das Weinen stoppte, sie erstarrte, dann schnellte sie hoch, wollte wegrennen. Meine rechte Hand war schneller und bekam ihre Schulter zu fassen.

Ich zerrte sie herum. Sie rechnete damit, geschlagen zu werden und verdeckte ihr Gesicht mit beiden Armen. »Keine Sorge«, flüsterte ich, »du bist hier sicher.« Erst als ich die Sätze einige Male wiederholte, sanken ihre Arme herab.

»Ist es okay?«

Sie hatte noch ein sehr junges Gesicht. Daß sie mich, den Fremden, vor sich sah, schien sie zu erleichtern und nicht zu erschrecken. Bestimmt war dieses Mädchen die einzige Person, die sich den Dorfbewohnern nicht angeschlossen hatte.

Wie sich herausstellte, sprach sie kein Englisch, nur einige Brocken Französisch, was auch nicht schlecht war. Ich mußte zwar einige Male nachhaken, doch ich erfuhr, daß alle den Ort verlassen hatten, bis auf die Kinder.

»Wo sind sie?«

»Schlafen.«

»Und mein Freund?«

Angst stahl sich in ihre dunklen Augen, so daß ich schon Furcht um Brett Hawkins bekam. Sie konnte sich nicht erklären, zog mich einige Schritte zur Seite und hockte sich nieder. Mit dem Zeigefinger malte sie etwas in den Staub.

Als Grundmuster diente ein Viereck, in das sie Längs- und Querstreben hineinmalte, so daß ein Gitter entstand. Ich dachte an ein Gefängnisfenster, das schien es aber nicht zu sein, denn sie tippte mit der Fingerspitze gegen das Gitter. Immer und immer wieder, so daß mir ein bestimmter Verdacht kam.

Ich sprach von einer Fallgrube, das Wort kannte sie nicht. Sie deutete jetzt mit beiden Fingern gegen den Boden, und als ich nickte, huschte ein Lächeln über ihr Gesicht.

»Wo denn?« Das Mädchen stand auf und bedeutete mir, ihm zu folgen. Wir drangen tiefer in den Ort ein, und ich rechnete auch mit einer Falle, denn trauen durfte ich niemandem, auch dem Spuk nicht.

Wir gingen durch eine schmale Gasse und hatten sie kaum betreten, als das Mädchen schneller lief. Neben einem Gegenstand, den ich erst beim Herankommen erkannte, blieb sie stehen.

Es war war ein Netz!

Leer und ausgebreitet lag es auf der staubigen Erde. Ich konnte mir bei diesem Anblick einen Reim darauf machen und wußte Bescheid. Die Bewohner hatten den Engländer mit einem Netz gefangen. Verdammt praktisch dachte ich.

Das Mädchen schaute mich ängstlich an. Als ich lächelte, entspannte es sich wieder.

»Weiter«, sagte ich.

Sie war einverstanden, denn sie nickte heftig und lief vor. Erst jetzt fiel mir auf, daß sie keine Schuhe trug, deshalb konnte sie auch so leichtfüßig und beinahe lautlos laufen.

Mir war nicht bekannt, wo mich die junge Unbekannte hinführen würde, an eine Falle glaubte ich nicht mehr. Das Mädchen log nicht, es hätte sich sonst anders benommen.

Niemand ließ sich blicken. Das Dorf war ausgestorben. Ich hielt mich an der Seite der Unbekannten. Manchmal redete sie auch. Sie wollte mir etwas erklären. Obwohl sie einige Brocken Französisch sprach, konnte sie sich nicht verständlich machen, denn das Problem lag einfach tiefer und war letztendlich auch zu kompliziert.

Ein Begriff allerdings fiel mir immer wieder auf. Sie wiederholte den Namen der Göttin des öfteren und benutzte den Begriff Aschera. Jedesmal zitterte ihre Stimme, wenn sie den Namen aussprach. Dann sah sie so aus, als wollte sie sich an mich klammern, damit ich ihr die nötige Unterstützung gab.

Die Häuser standen nur im Kern des Dorfes dichter zusammen. Als wir ihn hinter uns gelassen hatten, bildeten sich Lücken. Große, dunkle Flecken.

Neben einem Haus, das eine Außentreppe besaß, blieb das Mädchen stehen. Auch ich stoppte meine Schritte und schaute sie an. Sie kam mir vor, als wollte sie etwas sagen. Sie öffnete bereits den Mund, Worte aber folgten nicht.

Dafür weiteten sich die Augen. Die Unbekannte schaute an mir vorbei, in ihr Staunen mischte sich die Angst, und ich merkte das kalte Rieseln auf meinem Rücken.

Langsam drehte ich mich.

Unser Platz war gut. Genau von dieser Stelle aus, zeichnete sich der Gebirgskamm konturenscharf unter dem Sternenhimmel ab. Er bildete ein wunderbares Panorama, ein Motiv für eine Postkarte. Aus dem Massiv stach besonders der Berg Anat hervor.

Um ihn herum geschah es!

Es war für mich nicht erklärbar. Das sah aus wie in einem Fantasy-Streifen, denn plötzlich durchschnitten grüne gezackte Speere die Luft wie die Blitze bei einem Gewitter.

In einem wirren Reigen umtanzten sie den Berg. Sie schlugen Kurven, sie drangen von oben in das Gestein, bohrten sich tief in die Masse, als wollten sie das gesamte Massiv auseinanderreißen.

Für mich gab es keinen Zweifel.

Das Erwachen der Göttin begann!

Die Zeit wurde Brett Hawkins lang und war trotzdem so verdammt kurz, wenn er daran dachte, daß er diese Nacht wohl kaum überleben konnte. Er hockte noch immer am Boden der Grube und stemmte seinen Rükken gegen die Wand. Die Hände hatte er sinken lassen und sie neben sich auf den Boden gestützt.

Chena stand bei ihm, die anderen Frauen und Mädchen hielten sich zurück. Wie ängstliche Tiere, die den Beginn eines Gewitters spürten, so standen sie dicht beisammen, um sich gegenseitig Schutz zu geben und die Körperwärme der anderen zu spüren. Sie redeten kaum noch miteinander, die Furcht war einfach zu groß.

»Was denkst du?« fragte Brett.

Chena hob die Schultern. »Ich weiß es nicht. Ich weiß

überhaupt nichts mehr. Ich weiß nur, daß ich einen Fehler begangen habe, als ich Amman verließ.«

Er schaute zu ihr hoch. »Wer hätte das ahnen können?«

»Gesprochen haben sie schon öfter davon, Brett. Immer wieder wurde geredet. Viele der Bewohner warteten auf die Rückkehr der Göttin. Sie rechneten fest damit, daß sie kommen würde. Aber ich wollte daran nicht glauben. Es schien mir alles zu weit hergeholt. Aschera ist eine Legende, sie ist uralt, sogar vorbiblisch. Wenn man es mit den Begriffen der Christen ausdrücken soll. Bist du Christ?«

Brett überraschte die Frage. »Ich? Wieso?«

»Ich will das wissen.«

Er fühlte sich unbehaglich. »Na ja, nicht direkt. Ich bin mehr Wissenschaftler, verstehst du?«

»Man sollte aber an etwas glauben. Das gibt Mut.«

»Und hast du ihn?«

Chena nickte mit sehr ernstem Gesicht. »Ja, ich glaube daran, daß mit dem Tod nicht alles vorbei ist. Das Paradies wird sich uns öffnen, so steht es geschrieben. Gerade wir Frauen, die wir es im ersten Leben nicht eben leicht gehabt haben, können nur auf den Tod vertrauen. Deshalb hält sich meine Furcht in Grenzen. Es ist nicht das Sterben, das mich bedrückt, vielmehr die Furcht davor, wie es geschehen könnte. Verstehst du das?«

»Wenn du es sagst.«

»Du glaubst mir nicht.«

Brett winkte ab. »Ich habe andere Sorgen!« keuchte er. »Die verfluchten Schläge haben mich überall erwischt. Es gibt keine Stelle am Körper, die nicht schmerzt.«

»Sie hätten dich auch töten können.«

Er verzog die Lippen. »Wäre das nicht besser gewesen? So sitze ich hier und warte auf den Tod. Ich bin davon überzeugt, daß er eintreten wird. Auch mein Partner kann mir nicht helfen. Er ist in den Berg eingedrungen . . .«

»Dann wird er ein Opfer der Göttin. Sie wird ihn sich holen. Sie holt sich alle, die ihre Welt entweihen. Das ist nun mal so, daran gibt es nichts zu ändern.«

Brett war das Thema unangenehm. Er wollte es einfach nicht wahrhaben und erkundigte sich statt dessen, ob sie nicht noch einmal versuchen sollten, das Gitter zu lösen.

»Es ist zu fest.«

Er stand mühsam auf. Durch seine Glieder liefen heiße Ströme, die Schmerzen verursachten. »Du hast gut reden, aber ich will mich nicht in mein Schicksal fügen. Ich will es einfach nicht, verstehst du das denn nicht?«

»Dann versuche es.«

»Nein, du!«

»Soll ich auf deine Schulter klettern?«

»Ja.« Er ging zwei Schritte zur Seite, so daß er dicht vor der Wand stand. Dann beugte er sich vor und stützte sich dort mit beiden Händen ab. Den Körper hatte er vorgebeugt, damit sie besser auf seinen Rücken klettern konnte.

»Nimm keine Rücksicht, Chena, tu es einfach. Auch wenn ich stöhne, mußt du weitermachen.«

»Gut, wie du willst.«

Die übrigen Frauen beobachteten kommentarlos das Vorhaben der beiden. Sie sahen zu, wie Shena beim erstenmal abrutschte, sie hörten das Fluchen und Stöhnen des Mannes, der den Druck auf seinen Schultern spürte und sich wunderte, wie schwer Chena letztendlich war. Wieder flammten die Schmerzen auf. Sie tobten durch seinen Körper, auch durch seinen Kopf. Für einen Moment spürte er den Schwindel, bevor es ihm wieder gelang, sich zu fangen.

Chena stand, und sie hielt sich auch. Er zitterte, sie schwankte ebenfalls. An der Wand stützte sie sich ab und hörte seine flüsternde Frage: »Kommst du an das Gitter ran?«

»Ja.«

»Gut, jetzt drück!«

Sie gab sich Mühe und setzte ihre Kraft ein. Das Keuchen der Frau erfüllte die Grube, doch es war ihr unmöglich, das schwere Gitter in die Höhe zu drücken. Zwar konnte sie es bewegen, mehr gelang ihr nicht, denn die Haken hielten es fest.

»Nichts geht mehr, nichts . . .«

Brett Hawkins hätte heulen können vor Wut. Sein Rücken fühlte sich an, als würde er jeden Moment durchbrechen. Er gab keinen Kommentar mehr, jedes Wort bereitete ihm Mühe, dann merkte er, daß sich die Frau nicht mehr halten konnte und zur rechten Seite hin wegrutschte. Sie machte auch nicht mehr den Versuch, auf seinem Rücken zu bleiben, sondern sprang zu Boden.

Den Aufprall konnte sie nicht mehr ausgleichen. Sie rutschte aus und blieb liegen.

Vorbei die Chance . . .

Brett richtete sich auf. Als er den Rücken durchdrückte, durchzuckten Flammenpfeile seinen Körper. Die Augen brannten, in den Schultern rissen gewaltige Kräfte, und für einen Moment schwankte die gesamte Umgebung.

Er hielt sich an der Wand fest, sein Atem pfiff, hinzu kam eine gewisse Mutlosigkeit darüber, daß auch die letzte Chance vertan war, und das wiederum ließ ihn die Schmerzen noch intensiver spüren.

»Keine Chance!« keuchte er. »Verdammt noch mal, wir haben keine Chance, aus diesem Loch herauszukommen.«

»Nein, ich . . . ich wußte es.« Auch Chena war erschöpft. Sie blickte Brett aus traurigen Augen an, der den Kopf zurückgelegt hatte und gegen das Gitter schaute.

Er war sauer, er war wütend, er war deprimiert. Diese Gefühle vermischten sich in seinem Innern zu einem gewaltigen Brei, der ihm bitter aufstieß.

Zudem war die Angst geblieben. Ihm war kein Zeitpunkt genannt worden, aber er ging davon aus, daß es bis zum Erscheinen der Göttin nicht mehr lange dauern konnte.

Etwas hatte sich verändert. Das äußerliche Bild war dasselbe geblieben, dennoch durchfuhr ein unsichtbarer Strom die Luft, mit dem er nicht zurechtkam.

Eine Warnung etwa?

Brett glaubte nicht, daß er sich dies einbildete. Er trat schwerfällig auf Chena zu und sprach sie an. »Spürst du auch, daß etwas dabei ist, sich zu verändern?«

Sie nickte. »Ja, ich glaube schon.«

»Dann können wir uns darauf gefaßt machen, daß sie bald erscheint, deine Göttin.«

»Sie ist nicht meine Göttin. Aber ich kann daran nichts ändern. Ich muß sie akzeptieren.«

»Ja, schon gut.«

Seine Nervosität stieg immer weiter. Er wollte von Chena wissen, wo sich die Männer befanden.

»Sie warten an einem bestimmten Platz, um die Göttin in Empfang zu nehmen.«

»Im Dorf?«

»Nein, außerhalb. Genau dort, wo sie die Berge oder den Berg beobachten können.«

»Und sie sind davon überzeugt, daß die Göttin ihnen nichts anhaben wird? Das will einfach nicht in meinen Kopf hinein, verstehst du? Das ist für mich ein Rätsel.«

»Hör zu, sie bringen ihr Opfer. Sie stimmen sie gnädig. Muß ich dir noch sagen, wer die Opfer sind?«

Er starrte ihr in die Augen. »Nein, das brauchst du nicht. Wenn ich mich hier umschaue, sehe ich sie. Fragt sich nur, wen sie sich als erstes ausgesucht hat.«

»Es ist wie ein Lotteriespiel. Mich kann es ebenso treffen wie dich oder die älteste Frau hier. Wir haben uns eben in unser Schicksal ergeben. Das ist Kismet, du kennst das Wort?«

»Ja, und ich hasse es.«

»Was willst du dagegen tun?«

Er trat wütend mit dem Fuß auf. »Das ist das Problem.« Dann schaute er gegen das Gitter, über dem sich der dunkle Himmel abzeichnete. Brett wollte den Blick schon wieder abwenden, als ihm etwas auffiel. Eine genaue Erklärung für dieses Phänomen fand er nicht, aber er hatte den Eindruck, als würde sich die Dunkelheit des Firmaments bewegen und würde etwas darüber hinweghuschen, was farblich anders war.

Hart faßte er Chena an und zwang sie so, in die Höhe zu schauen. »Da, sieh hin! Fällt dir etwas auf?«

»Was denn?«

»Licht!« flüsterte er. »Licht wie Blitze. Sieh . . . sieh da und andersfarbig. Grün, wie ich meine. Grünes Leuchten.« In seiner Stimme zitterte die Spannung.

Chena schaute ebenfalls zum dunklen Himmel. Sie ließ sich Zeit damit und nickte dann. »Ja, du hast recht. Du hast wirklich recht, Brett. Das sind Blitze.«

»Okay, und was haben sie zu bedeuten?«

»Daß es bald soweit ist. Wir . . . wir stehen dicht davor, verstehst du? Die Göttin wird bald erwachen.« Sie schaute ihn an, und zum erstenamal entdeckte der Mann die nackte Panik auf dem Gesicht seines Gegenübers.

Er fühlte den Drang in sich hochsteigen, Chena zu beschützen, und er legte einen Arm um sie. »Ich glaube, wir müssen jetzt die Nerven behalten«, hauchte er.

»Kannst du das?«

»Weiß nicht . . .«

Auch die übrigen Frauen hatte eine gewisse Unruhe gepackt. Jede von ihnen wußte, daß es nicht mehr lange dauern würde, bis diese verfluchten Blitze so konzentriert waren, daß sie auch sie erreichen konnten. Sie breiteten sich immer weiter aus.

Als zuckendes, helles, lautloses und unheimliches Gespinst zeichneten sie den dunklen Himmel, als wollten sie ihn allein für sich in Besitz nehmen.

»Das ist es«, sagte Chena leise. »Das ist es, wovor ich Furcht habe. Es wird kein Zurück mehr für uns geben. Die Blitze sind von ihr geschickt worden. Sie hat uns erklärt, daß wir keine Chance mehr haben. Jetzt bleibt uns nur noch die Angst . . .«

Brett ließ die junge Frau reden. Er hoffte, daß sie die eigenen Worte beruhigen würden. Er selbst ließ das grüne Leuchten nicht aus den Augen und war sich sicher, daß es sich an einer bestimmten Stelle verdichtete und so etwas wie einen Teppich aus Strahlen bildete. Und dieses Gebilde lag über ihrem Gefängnis.

Auch Chena hatte es bemerkt. »Das . . . das glaube ich einfach nicht. Das ist . . .«

Ihre Stimme versickerte, weil sie und der Mann aus England durch die Blitze geblendet worden waren. Sie waren so nahe und hell, daß sie nicht hineinschauen konnten. Das kalte Licht schmerzte in ihren Augen. Selbst ihre Gesichter hatten bereits einen totenblassen Schein bekommen. Die Angst saß in ihnen wie ein Raubtier, das immer größer wurde und sogar in Richtung Kehle stieg, wo es ihnen den Atem raubte.

Jedes Gesicht hatte mittlerweile eine gespenstischfahle Haut bekommen. Die Augen traten dabei noch größer, dunkler und angsterfüllter hervor. Die Münder standen offen, zwischen den Lippen hatten sich dunkle Spalten gebildet und über dem Gitter huschte das Licht hinweg wie ein Feuerwerk aus Elektrizität.

Es tanzte, es bildete Figuren. Mal zwei -, dann wieder dreidimensional. Mit jeder Bewegung schien es noch intensiver zu werden und mehr Kraft zu bekommen.

Ein altes Grauen war über die normale Welt hereingebrochen, aber sie erlebten nur den Beginn.

Das Finale kam danach.

Und es begann mit einem mörderischen Krachen, dem eine gewaltige Feuersbrunst folgte, deren Widerschein den Himmel rotgelb erleuchtete. Jeder wußte, was geschehen war.

Aschera hatte sich befreit!

Das fremde Mädchen klammerte sich an mich, als wäre ich sein letzter Rettungsanker.

Klar, daß die Kleine Angst hatte, auch mir war nicht wohl zumute, als ich das Schauspiel beobachtete, das sich über mir in der Dunkelheit des Himmels abzeichnete wie eine gewaltige Laserschau, die ich präsentiert bekam, ohne Eintritt zu zahlen.

Es war der reine Wahnsinn, es war nicht erklärbar, es war einfach die uralte Magie, die sich aus der Tiefe des Berges gelöst hatte. Astarte wollte wieder ihre alte

Gestalt annehmen und die Zeiten der Göttin entstehen lassen.

Mir kam der Vergleich mit einem Gewitter in den Sinn, bei dem nur der Donner fehlte, denn das Geschehen über uns spielte sich völlig lautlos ab.

Für uns war es so etwas wie eine Ouvertüre, der das eigentliche Grauen noch folgen sollte.

Ich konnte nichts tun. Ich kam mir verdammt klein und zwergenhaft vor. Hier waren urzeitliche Kräfte am Werk, denen ich als normaler Mensch nichts entgegensetzen konnte. Die Blitze bildeten Muster, Gitter, Figuren, sie bekamen immer mehr Nachschub, wobei es mir noch nicht gelungen war, festzustellen, woher sie eigentlich erschienen. Sie waren einfach da. Vielleicht hatte sie der Himmel entlassen, möglicherweise auch das Gestein des Gebirgsmassivs.

Wer konnte das schon sagen?

Das Mädchen sprach mit sich selbst. Ob Gebete über seine Lippen drangen, konnte ich nicht sagen, die Worte waren mir unbekannt. Jedenfalls hatte es einfach nur Angst.

Dann spalteten sie sich.

Bisher hatten sie sich mehr auf die nähere Umgebung des Berges Anat konzentriert, nun aber breiteten sie sich aus und jagten gefächert dem Erdboden entgegen.

Auch auf uns zu?

Ich zog unwillkürlich den Kopf ein, aber die Blitze – jetzt ein Meer von grünem Licht – huschten vorbei und konzentrierten sich kurz auf das Dorf, wenig später auf einen Punkt außerhalb.

Auch die Unbekannte hatte es gesehen. Mit lauter Stimme sagte sie etwas, das ich kaum verstand, einige französische Brocken befanden sich darunter, und sie sprach von Frauen.

Diese Stelle, wo sich die unheimlichen Schattenlichter konzentriert hatten, mußte von einer schwerwiegenden Bedeutung sein. Eine andere Erklärung für diese Wanderung hatte ich nicht, und so wartete ich ab. Irgendwo kristallisierte sich bei mir die Idee, einmal nachzuschauen, aber die anderen Ereignisse ließen mich dazu nicht kommen.

Mein Schützling hatte es zuerst gesehen. »Der Berg!« schrie er. »Da, der Berg!«

Sie meinte den Anat!

Bisher hatte er ruhig und wie für die Ewigkeit geschaffen vor uns gestanden. Plötzlich aber durchlief ein Zittern dieses verdammte Massiv. Die Schwärze geriet ins Wanken, an den Außenrändern schienen Schatten hochzulaufen – entstanden vielleicht Risse?

Tief im Innern des Berges begann es zu grummeln. Es war ein Geräusch, das uns beiden in dieser Situation Furcht einjagte und bei mir eine Gänsehaut produzierte.

Und es war das Vorspiel für den Ausbruch.

Zu beschreiben ist es kaum, was sich ereignete. Die Spitze des Berges kippte plötzlich in alle vier Himmelsrichtungen weg. Massen von Gestein hatten sich gelöst und brandeten als gewaltige, donnernde Halden in die Tiefe. Wir konnten es kaum fassen, standen nur da, staunten und spürten beide die Angst.

Jetzt war der Berg offen.

Und dann schoß es aus dieser vulkanartigen Öffnung hervor. Ein irrer, gewaltiger Feuerschein, aber keine Lava, sondern nur dieses blendende Strahlen.

Unheimlich, nicht erklärbar. Das starke Widerlicht durchleuchtete die gesamte Umgebung. Es zerriß die Nacht und machte aus ihr eine geisterhafte Feuersbrunst.

Der Wahnsinn hatte einen Namen bekommen, die alte Zeit, die so lange geschlafen hatte, brach nun mit einer vehementen Gewalt hervor und jagte hinein in den Nachthimmel, als wollte sie mit ihrer Kraft das sternenübersäte Firmament zerstören.

Aber nicht nur die Mischung aus Feuer und Licht schoß aus der Öffnung nach oben, es war endlich diejenige Person, um die es ging, die dem ersten Beben folgte. Astarte erschien!

Ich hatte mir bisher keine Vorstellungen gemacht, was das Aussehen dieses Wesen anging. Sie hätte aus Schatten oder aus Licht bestehen können, aber beides traf nicht zu.

Astarte oder Aschera besaß einen Körper. Einen gewaltigen, feuerroten nackten Körper. Sie besaß einen Kopf, ein Gesicht mit Augen, aus denen Blitze hervorschossen, und sie besaß Haare, die sich wie ein breiter Schleier auf ihrem Nacken verteilten.

Sie hatte die Arme eng an den Körper gelegt und reagierte allein auf den inneren Druck, der sie raketenartig nach außen und in die Höhe gepreßt hatte.

Sie war ein Urbild, eine Sage, eine Legende, und sie war für mich das Weib an sich.

Ich wußte, daß es heute noch Frauen gab – gerade in der neuen Bewegung –, die Astarte zu ihrer Göttin emporhievten, ohne allerdings zu begreifen, wie gefährlich sie tatsächlich war.

Wir konnten sie hier mit eigenen Augen sehen, denn sie hatte die Hälfte des Berges weggesprengt, war in lichtartiges Feuer getaucht, das eine für mich unvorstellbare Kraft besaß, da es ihm gelungen war, die gewaltigen Gesteinsmassen nicht dem Grund entgegenzuschleudern, sondern sie schon in der Luft zu verbrennen oder zu vernichten.

Und sie stieg höher, immer höher, als wollte sie den gesamten Himmel in Besitz nehmen.

Was sollte ich tun? Auch so reagieren wie das Mädchen, das sich zu Boden geworfen und sein Gesicht verdeckt hatte? Nein, das war nicht so mein Fall. Für mich war Astarte eine Feindin, und ich war es gewohnt, gegen Feinde anzugehen, aber wie, um Himmels willen, sollte ich gegen das gewaltige Gebilde kämpfen?

Ich trug nicht nur meine normalen Waffen bei mir, sondern auch den Bumerang. Beinahe aus einer Laune heraus hatte ich ihn eingesteckt, aber würde er gegen Astarte etwas erreichen?

Bestimmt nicht.

Da war noch der Spuk, der mich vor ihr gewarnt hatte. Möglicherweise war er das einzige Wesen, das gegen die Göttin ankam. Vorausgesetzt, er wollte den Kampf überhaupt.

Das Licht breitete sich aus und flackerte auch über den kleinen Ort hinweg, der so aussah, als würde er nur mehr von unheimlichen Gespenstern bewohnt.

Ich hörte kein Krachen, keine Schreie, und neben mir stand das junge Mädchen auf.

»Opfer holen«, flüsterte sie. »Sie wird viele Opfer holen . . .«

»Wen?«

»Frauen . . .«

Sie hatte kaum ausgesprochen, als ich ein anderes Geräusch vernahm, einen düsteren Gesang aus zahlreichen Männerkehlen. Die Sänger selbst blieben für mich unsichtbar.

Ich schaute das Mädchen an. Auch die Kleine hatte den Kopf gedreht und blickte mir ins Gesicht. »Die Männer . . . sie wollten Aschera. Sie singen ihr Lied . . .«

Das hörte ich.

Der Begriff Lied paßte meiner Ansicht nach nicht so recht. Es war ein unheimlich klingender Gesang, eine schauerliche Melodie, bestimmt uralt und seit kaum faßbaren Zeiten überliefert. Der hatte nichts mit den gregorianischen Gesängen zu tun, wie man sie hin und wieder erlebte, dieser hier war völlig anders, und manche Worte wurden von zahlreichen Kehlen gesprochen.

»Wo sind sie?« fragte ich.

Das Mädchen deutete nach vorn. Der Ort lag außerhalb des Dorfes und näher am Berg.

Ich konnte es nicht mit ansehen. Es widersprach meinem Naturell, ich mußte etwas unternehmen. Die Göttin vielleicht stoppen oder ihre Helfer daran hindern, sie noch stärker werden zu lassen.

Ich sprach langsam und eindringlich auf die Unbekannte ein, die mir zuhörte. Ich deutete auf mich, dann in die Richtung, die ich einschlagen wollte, und lief los.

Das Mädchen rief mir noch etwas nach, aber ihr Schrei verwehte in der Nacht . . .

Die Eingeschlossenen ließen das Gitter nicht aus den Augen. Noch immer tanzte das Licht über die Sprossen hinweg, aber es hatte mittlerweile eine andere Farbe bekommen.

Zwar war der fahle Grundton geblieben, jetzt aber leuchtete ein Gelbrot hinein, dessen Quelle sie nicht erkennen konnten. Ihnen kam es vor, als wäre es aus dem Universum hervorgedrungen, um den unheimlichen Weg der Göttin zu begleiten.

In den Augen der Menschen spielte sich das Licht zusammen mit dem Gefühl der Angst wider. Sie alle wollten etwas tun, doch keiner von ihnen wußte, was sie unternehmen sollten. Hier hatten andere die Regie übernommen, Kräfte, die von Menschen nicht kontrolliert werden konnten.

Chena nickte, bevor sie sprach. »Gleich«, flüsterte sie heiser. »Gleich ist es soweit.«

»Was meinst du?«

»Es ist das Licht der Göttin, es ist ihre Kraft. Man kann ihr nichts entgegensetzen. Sie wird uns holen, glaub mir. Der Berg hat sie entlassen.«

Die Stimme zusammen mit den Worten hatten Brett Hawkins dermaßen beeindruckt, daß ihm kalt wurde. Er wußte nicht, was er antworten sollte und beobachtete statt dessen das über dem Gitter tanzende Licht, das sich noch mehr konzentriert hatte und die Stäbe dermaßen umflammte, daß deren Widerstand brach.

Etwas Unerklärliches geschah. Das Gitter zitterte zunächst, dann ruckte es, als hätten Hände daran gezerrt, und einen Augenblick später glitt es in die Höhe, weil die andere Kraft es aus der Verankerung gerissen hatte.

Chenas Gesicht verzerrte sich, als sie schrie. Auch die anderen Frauen konnten sich nicht mehr halten. Sie sahen die Stunde ihres Todes gekommen, warfen sich auf die Knie, verbargen ihre Gesichter und flehten mit lauten, schrillen Stimmen um Gnade und Erlösung von dem Grauen.

Das Gitter schwebte weg. Als einziger besaß Brett Hawkins noch die Nerven, seinen Weg zu verfolgen.

Zuerst hatte es ausgesehen, als wollte es zur Seite hinwegtauchen, dann behielt es seinen ursprünglichen Weg bei und glitt geradewegs hinein in das Licht, wo es plötzlich von der gewaltigen Kraft erfaßt wurde und aufglühte.

Vor seinen Augen schmolz es dahin, wurde nicht flüssig, sondern verwandelte sich in glühenden Staub, der sich wie feiner Schnee verteilte und zu Boden rieselte.

Chena ging so weit rückwärts, bis sie gegen Hawkins stieß. Sie hatte ihre Arme angewinkelt und etwas vorgestreckt, als wollte sie eine Gefahr abwenden, was ihr nicht mehr möglich war, denn die andere Kraft spielte mit den Menschen und ihrer Angst.

Noch hatte sie ihnen nichts getan, aber wie eine Spirale drehte sich das neue Licht über der jetzt freien Grubenöffnung zusammen und wartete dort lauernd ab.

Sekunden verstichen.

»Halt mich fest, Brett! Halte mich fest. Ich ... ich ... spüre es sehr deutlich.«

»Was spürst du?«

»Aschera will mich!«

Die Worte trafen den Engländer wie Keulenschläge. Er wollte dagegen sprechen, dazu kam es nicht mehr, denn die rotgelbe Spirale verdichtete sich noch mehr und sah fast so aus, als hätte sie eine feste Form angenommen.

Dann jagte sie nach unten!

Beide hörten das Fauchen, und in dieses Geräusch hinein gellte Chenas Schrei.

Sie hatte sich nicht geirrt. Die unheimliche Göttin hatte sie als erstes Opfer ausgesucht.

Brett Hawkins versuchte alles, um sie zu retten. Mit beiden Händen umklammerte er ihre Schultern, weil er sie festhalten und möglicherweise auch zurückzerren wollte.

Es reichte nicht.

Die andere Kraft hatte sich entschieden und schlug mit einer erschreckenden Konsequenz zu. Menschen waren nicht mehr als Spielbälle in diesem magischen Reigen.

Brett Hawkins mußte mit ansehen, wie seine Kräfte erlahmten, die Lichtsäule hielt allein die Frau umklammert. Sie war wie ein kräftiges Tuch, das sich zu einer Rüstung veränderte, in die Gestalt der Frau eindrang, die unter dem Schreien der zahlreichen Zeuginnen durchsichtig wurde, so daß die Knochen, die Adern, die Blutströme und das Fleisch unter der Haut zu sehen waren.

Hawkins bekam einen Schlag, der wie Elektrizität durch seinen Körper jagte.

Der Treffer war so hart, daß er in die Knie sank und seinen Schützling loslassen mußte.

Chena hatte nicht die Spur einer Chance. Die andere Kraft riß sie in die Höhe. Alle Menschen in der Grube hörten noch ihre furchtbaren Schreie, bevor sie wie ein feuriger Komet in den nachtdunklen Himmel und dem neuen Ziel entgegenjagte.

Zahlreiche Augenpaare starrten ihr nach. An den Wangen der Frauen rannen Tränen entlang, und selbst Brett, der sich als einen harten Typ einstufte, konnte das Schluchzen nicht vermeiden.

Er hockte auf dem Boden wie ein Verzweifelter, der eingesehen hatte, daß es keine Rettung mehr gab.

Für die Dauer einiger Sekunden war die Gestalt noch zu sehen, dann nahm die Entfernung zu, und sie schien sich innerhalb der Feuersäule aufgelöst zu haben.

Als kleine Spirale fand sie den Weg in das große Feuer und damit zu der Himmelsgöttin Astarte, deren untere Gesichtshälfte sich bewegt hatte. Aus dem Mund wurde ein regelrechter Schlund.

Das aber sah Brett nicht mehr. Er war zusammengesunken, starrte auf den dunklen Boden der Grube und hörte noch immer sein eigenes Schluchzen der Verzweiflung.

Es war aus, er hatte verloren, es war vorbei, es gab keinen Sieg und kein Zurück mehr.

Der Blick fiel auf seine Hände. Sie sahen aus, als wäre ein Teil der Haut durchsichtig geworden, und er dachte daran, daß er bis zuletzt versucht hatte, Chena zu retten. Er war mit der unheimlichen Macht in Kontakt gekommen, spürte aber kein Brennen, sah nur, daß sich unter der Haut sehr deutlich die Adern abzeichneten, als hätte man sie dort einfach nur hingemalt und langgezogen.

Langsam schaute er in die Höhe.

Der Himmel hatte seine dunkle Farbe verloren. Kein Stern schimmerte mehr und schickte einen Gruß. Eine flackernde Brunst überdeckte das Firmament.

Astarte war gewaltig, und sie war ebenso gewaltig aus ihrer Verbannung zurückgekehrt.

Schatten fielen gegen ihn wie zuckende Wesen. Er schaute hoch und sah die anderen Frauen, die herangekommen waren. Sie sprachen auf ihn ein, während sie weinten und ihrer Angst freien Lauf ließen. Sie wußten genau, wie es in ihm aussah. Einige Hände streichelten über sein Haar, und Brett lächelte.

In diesem Augenblick waren alle Unterschiede verwischt. Hier zählten nicht mehr die Motive und auch nicht die Religion, hier zählte nur noch der Mensch.

Er faßte nach ihren Händen und ließ es zu, daß sie ihn auf die Beine zogen. Bestimmt hatten sie seine Schwäche gespürt. Sie schauderten nicht einmal vor dem Anblick der Hände zusammen. Dabei mußte jede von ihnen damit rechnen, daß die Macht der Aschera sie als nächstes holen und vernichten würde.

»Okay«, sagte er, »okay. Ich habe Chena nicht retten können. Ich werde versuchen, aus der Grube zu klettern.« Sie verstanden ihn nicht, und er unterstrich seine

Worte durch die entsprechenden Bewegungen, indem er an der Grubenwand in die Höhe zeigte.

Zwar nickten einige Frauen, Brett glaubte trotzdem nicht daran, daß sie ihn begriffen hatten, was er wollte.

Dicht vor der Wand blieb er stehen, schaute noch einmal zum Rand hin – und sprang.

Mit den Handflächen klatschte er gegen den harten Lehm und rutschte natürlich wieder ab.

Mit einem Wutschrei auf den Lippen fiel er zusammen und keuchte: »Ich muß es anders machen. Verdammt, ich muß mehr Kraft einsetzen.« Er schaute erst gar nicht auf seine Hände, weil er den Horror nicht sehen wollte. Dann drückte er sich in die Knie, sammelte so genügend Kraft und stieß sich ab.

Sein Körper schnellte in die Höhe. Diesmal besser als beim ersten Versuch.

Und plötzlich schafften es die Finger, den Grubenrand zu umklammern. Die Angst um sein Leben hatte seine Kräfte auf das Doppelte anwachsen lassen.

Geschafft?

Er schrie, als er merkte, daß die Finger sich bogen und er den Halt wieder verlor. Schwer kam er auf, brach zusammen und fiel auf den Rücken. Über ihm schwebten die blassen Gesichter der Frauen, die mitbekommen hatten, daß auch die letzte Chance dahin war.

»Scheiße!« keuchte er. »Verdammter Mist, ich kann nicht mehr! Es . . . es läuft nichts . . .« Er schüttelte den Kopf und heulte wie ein Schloßhund. Brett war fertig, am Ende. Er starrte aus geröteten Augen zu Boden, weil er nichts anderes mehr sehen wollte.

Deshalb bemerkte er auch nicht den unheimlichen Vorgang direkt über der Grube.

Die Spirale kehrte zurück . . .

Erst mehrere Schreie rissen ihn aus seiner Lethargie.

Er sprang hoch und sah die Frauen flüchten. Sie drängten sich an der gegenüberliegenden Wand zusammen, denn keine von ihnen wollte als nächstes Opfer für die Himmelsgöttin von der Spirale geholt werden.

Wer dann?

»Neiiinnn . . .! Es war ein Ruf der Verzweiflung, denn Brett Hawkins hatte sehr deutlich erkannt, daß sich die Spirale genau auf ihn konzentrierte.

Es war nicht anders als bei Chena. Nur daß es die Spirale diesmal auf ihn allein abgesehen hatte.

Ausweichen konnte er nicht mehr, die andere Kraft war einfach zu schnell, und sie raste nieder.

Es war wie ein auf eine Stelle konzentrierter Sturmwind, der ihn erwischte. Der Mann geriet ins Taumeln, er wäre gegen die Wand geprallt oder gefallen, aber die grausame Botschaft der Göttin war schneller und ›griff‹ zu.

Die Frauen hörten ihn schreien, als würde Brett bei lebendigem Leibe verbrennen. Er wollte noch mit den Füßen am Boden bleiben, aber da umklammerte ihn etwas, gegen das er nicht ankam, und einen Moment später verlor er den Kontakt mit dem Boden.

Jetzt verließ Brett Hawkins die Grube. Nur anders, als er es sich vorgestellt hatte.

Sein Gesicht war zu einer Schreckensmaske erstarrt. Trotz der Todesfurcht besaß er noch die Nerven, einen Blick zurück in die Grube zu werfen.

Dort standen die Frauen, die Köpfe zurückgedrückt, und schauten ihm nach. In ihren Gesichtern las er das, was er ebenfalls am eigenen Leibe spürte.

Das Grauen, die Furcht vor dem nahen Ende.

Und so jagte er weiter in den von zuckendem Feuerlicht erfüllten Himmel hinein und der erbarmungslosen Göttin entgegen . . .

Ich rannte zwar nicht um mein Leben, aber viel anders war es nicht. Ich wußte nicht, wie ich die verfluchte Göttin stoppen konnte, jetzt, wo sie leider erschienen war. An sie selbst kam ich nicht heran, aber mich leitete der dumpfe Gesang der Männer aus dem Dorf. Über sie konnte ich möglicherweise etwas erreichen.

Ich war mir bewußt, daß ich hart vorgehen mußte. Es waren Fanatiker, gewillt, ihre Frauen, ihre Verwandten dieser unheiligen, alten Kraft zu opfern, da durfte einfach keine Rücksicht mehr genommen werden.

Das unheimliche Licht fiel vom Himmel und umwob mich wie ein gewaltiges Tuch, das von einer tödlichen Gefahr durchdrungen war. Die gesamte Umgebung hatte sich völlig verändert. Ich sah die kahle wüstenhafte Gegend wie in einen schattenhaften Feuerschein eingetaucht, der auch die Felsen rötete, als wollte er sie im nächsten Moment zerreißen.

Daß sich etwas aus dem Zentrum abgespalten hatte, bekam ich mit, als ich zufällig einen Blick in die Höhe warf und eine Feuerspirale etwa haushoch über meinem Kopf hinwegwirbelte. Mir war klar, daß es etwas bedeuten mußte. Ich drehte mich um und schaute der Spirale nach, die auf den Ort zujagte.

Sie kippte dann weg wie ein Komet, der in den unmittelbaren Bereich der Erdanziehung geraten war, verschwand im Boden, und ich setzte meinen Weg fort.

Das Licht flackerte. Es bestand einzig und allein aus roten und dunkelgelben Farben, die auch mich nicht verschonten und jeden meiner Sprünge begleiteten.

Ich mußte endlich ans Ziel kommen, während sich in meinem Rücken die unheimliche und gewaltige Göttin noch höher aufgerichtet und ihre Arme in zwei Richtungen hin ausgestreckt hatte, als wollte sie einen Teil der Welt damit umfangen.

Daß sie so etwas überhaupt geschafft hatte, ließ auf ein gewisses Leben schließen, das in sie hineingefahren war. Unheilvolles Leben, nur existent, wenn sie Opfer bekam.

Wie damals, wie in grauer Vorzeit, als sie Gemahlin des Götzen Baal und die Braut des Spuks gewesen war.

Eine Vorstellung, die mich laut auflachen ließ. Durch dieses Lachen befreite ich mich auch von einem Teil der ungeheuren Spannung und Angst, die mich umkrallt hielt.

Ich rannte weiter, und die Strecke wurde länger und länger. Dann aber konnte ich sie endlich sehen. Die Männer standen zusammen, drehten mir ihre Rücken zu, hielten die Arme erhoben und schauten gegen den gewaltigen Berg mit der herausragenden Göttin.

Ihre gesungenen und gesprochenen Beschwörungsformeln wehten ihr entgegen, um sie noch weiter auf sie, ihre Diener, einzustimmen. Ich biß die Zähne zusammen. Der Wille, sie zu stoppen, brandete nach wie vor in mir hoch. Und so kämpfte ich mich weiter, schrie die Männer an, die jedoch keine Notiz von mir nahmen, denn sie fühlten sich einfach sicher.

Über mir veränderte sich das Licht. Ich nahm es am Rande nur wahr, bemerkte das zuckende Flackern, blieb noch einmal stehen und schaute hoch.

Fast wäre mein Herz stehengeblieben. Was sich da abspielte, konnte ich kaum fassen.

Die Spirale kehrte zurück. War sie vorhin leer gewesen, besaß sie nun einen Inhalt – eine Frau!

Sie konnte sich nicht rühren, das unheimliche Licht hielt sie wie eine Fessel fest, es war auch in seinem Innern so klar, daß ich die Frau überdeutlich sehen konnte und auch den Schrecken in ihrem Gesicht erkannte, der sie festhielt.

Die Feuersäule stieg an. Wenn sie so weiterraste, würde sie in kürzester Zeit die mächtige Göttin erreicht haben, die nur darauf wartete, sie zu umfangen.

Ich schaute ihr nach.

Unbeirrt raste die Spirale auf das Gesicht der Göttin zu und damit auch auf den Mund.

Dann war sie verschwunden, hineingetaucht in das Maul, und die Göttin hatte die Frau verschluckt.

Ich kam mir vor wie festgefroren. Auf meinem Körper lag die kalte, zweite Haut. Wenn ich atmete, glich es mehr einem Keuchen. Ich hielt die Augen für einen Moment geschlossen und dachte daran, einen bösen Traum zu erleben.

Das Triumphgeheul der Männer bewies mir, daß es kein Traum gewesen war. Aus dem Mund löste sich gleichzeitig die Spirale, um erneut ihren Weg anzutreten, auf der Suche nach dem nächsten Opfer, denn nun war sie wieder leer.

Wie, zum Teufel, war dieses Wesen zu stoppen?

Ich kannte die Lösung nicht. Wenn mir jemand etwas darüber sagen konnte, dann diese Männer, die sich über das Opfer so gefreut hatten. Es war mir egal, daß sie versuchen würden, mich niederzuschlagen, ich mußte mich ihnen einfach stellen und lief auf dem direkten Weg der Gruppe entgegen.

Sie sahen mich kommen!

Zuerst geschah nichts. Auch weiterhin rollten ihre dumpfen Gesänge dem Berg Anat entgegen und somit auch der verfluchten Göttin Astarte. Aber in den Gesichtern veränderte sich der Ausdruck. Hatten sie zuvor noch wie abwesend ausgesehen, so trat nun eine Änderung ein, denn diesmal schauten sie mir böse und haßerfüllt entgegen. Der Wille, mich zu töten, stand darin geschrieben.

Ich ging einfach weiter. Meine Gefühle hielt ich unter Kontrolle. Für die Männer mußte ich aussehen wie ein düsterer Totesbote oder finsterer Rächer.

Sie ließen mich herankommen, bis ich etwa fünf Schritte von ihnen entfernt war. Erst dann löste sich einer aus ihrer Mitte. Bestimmt der Anführer, der, wie alle anderen auch, eine Kutte trug und sogar eine Kapuze über den Kopf gestreift hatte, deren vorderer Rand bis über die Stirn fiel.

Das Gesicht darunter bestand aus einer Mischung aus Dunkel und Hell. Dunkel deshalb, weil es von einem mächtigen Bart zur Hälfte überwuchert worden war. Die hellere Haut sah ich darüber, und sie wirkte wie mit Kalk gestrichen, über den noch das Licht in zuckenden Reflexen hinweghuschte.

Er redete mich in meiner Sprache an. »Du gehörst zu dem anderen, ich weiß es.«

»Ja, dazu gehöre ich!«

»Was willst du hier? Weshalb störst du die Erwekkung der großen und mächtigen Aschera?«

»Ich will nicht, das sie erscheint.«

Er lachte mich an. Der Gesang hallte mir nicht mehr entgegen. »Sie ist aber erschienen. Keiner hat es verhindern können. Die Zeit war reif, verstehst du?«

»Ich will, daß sie wieder zurückkehrt. Hast du verstanden? Nur das will ich!«

Für einen Moment kam er mir irritiert vor. Wahrscheinlich hatten ihn meine Worte geschockt. »Wer bist du, daß du dir herausnimmst, so zu reden?«

»Ich werde sie stoppen. Sie darf nicht mehr zurückkehren. Das ist nicht ihre Zeit.«

»Doch, es ist ihre Zeit. Sie ist ewig. Sie hat den Berg durchbrochen, und sie wird ihre Opfer bekommen, die dafür sorgen, daß ihre alte Kraft wieder zurückkehrt.

Erst sie, dann Baal, und dann wird sich unser Volk erheben und alles Fremde hinwegfegen. Die Zeit ist reif, wir haben lange genug gewartet. Diese Nacht ist zur Wiedergeburt der Aschera geworden. Nichts hat sie aufhalten können, und es gibt nichts, was in der Lage wäre, sie aufzuhalten.«

Ich schüttelte den Kopf. »Habt ihr sie geholt?«

»Auch.«

»Dann werdet ihr sie wieder zurücktreiben!«

Als sich sein Bart bewegte, wußte ich, daß er den Mund zu einer wütenden Grimasse verzogen hatte. »Was nimmst du dir heraus?« fuhr er mich an. »Was erlaubst du dir für einen Frevel, Fremder?«

»Ich will das Grauen stoppen, mehr nicht!«

»Nein!« schrie er und wollte noch etwas sagen, aber das Flackern war auf einmal wieder da.

Die Lichtspirale kehrte zurück.

Ich vergaß den Mann, drehte mich herum und schaute gegen den unnatürlich eingefärbten Himmel.

Ich sah sie und ihn!

Gewollt hatte ich es nicht, es ging nicht anders. Aus meinem Mund löste sich ein gewaltiger Schrei, weil das Bild einfach zu schrecklich war. Noch befand sich die Spirale in der Nähe des Ortes und hatte nicht den richtigen Bogen bekommen. Aber sie wischte näher, und ihr Inhalt bestand diesmal aus einem Mann.

Es war Brett Hawkins!

Was mir in diesem schrecklichen Augenblick durch den Kopf fuhr, konnte ich gedanklich nicht nachvollziehen. Es war einfach zu schlimm, schrecklich und gefüllt mit Panik.

Ich hatte so etwas wie Verantwortung für diesen

Mann gespürt, ich wollte ihn wieder gesund und unverletzt zurück nach London bringen, so sah es nicht aus, denn diese verfluchte Spirale machte mir klar, wie wenig ich doch in der Lage war, das Grauen zu stoppen.

War ich es wirklich? Wie konnte ich sie stoppen und anhalten? Während ich darüber nachdachte, hörte ich die wilden Triumphgeschreie der Männer, die sich darauf freuten, daß Aschera ihr zweites Opfer bekommen würde. Da fiel mir der Bumerang ein.

Es war mehr eine aus der Verzweiflung geborene Idee. Möglicherweise brachte sie etwas. Zudem war die Geschwindigkeit der Spirale nicht so groß, als daß ich sie nicht hätte erwischen können.

Sie und den Mann?

Er würde sterben, wenn ich nicht alles versuchte. Wurde er von meiner Waffe getroffen, bekam er möglicherweise noch eine mimimale Chance. Deshalb wagte ich es, zog den Bumerang hervor, wurde von den Männern dabei beobachtet und lief einige Schritte zur Seite, um den idealen Wurfwinkel zu bekommen.

Ich holte aus, konzentrierte mich auf die Spirale mit ihrem Opfer – und schleuderte ihr die Waffe entgegen.

Sie jagte dem feurigen Licht wie ein silberner Blitzstrahl entgegen, der zudem noch kreiselte.

Hatte ich mich verschätzt, traf ich die Spirale?

Ja, ich traf sie!

Bumerang und Feuer kollidierten lautlos miteinander. Plötzlich blitzte es in der Spirale auf, als wäre ein Flugkörper von einem anderen getroffen worden.

In der Luft kam es zu einem makabren Tanz. Das Licht strahlte nicht nur, es zerstrahlte, und die Umrisse des männlichen Körpers erschienen wieder.

Noch schwebte er, als wollte er über meinem Kopf liegen. Dann aber fiel er wie ein Stein nach unten, begleitet von den wütenden Schreien der Astarte-Diener.

Ich konnte den Mann nicht auffangen, er hätte auch mich verletzt. Sein hörbarer Aufprall ging mir durch und durch. Ich lief dorthin, wo er auf dem Wüstenboden lag und kniete neben ihm nieder, während ich den nicht weit entfernt liegenden Bumerang an mich nahm.

War er tot?

Ich wollte mir die Zeit nehmen, um dies nachzuprüfen, aber die Männer lenkten mich ab.

Ihre Schreie vereinigten sich zu einem einzigen, der dem Berg Anat und somit der Göttin entgegenbrauste.

Auch ich schaute hin und sah, daß sich bei ihr etwas getan hatte. Astarte bewegte sich, und es wirkte so, als hätte sich ein Riese in Bewegung gesetzt, um alles zu vernichten . . .

Brach jetzt auch der Rest des Berges zusammen? Wenn ja, würde er nicht in den Flammen verbrennen, sondern als tonnenschwere Masse auf uns zurollen und alles unter sich begraben, selbst das Dorf Anat war dann nicht mehr sicher.

Das ahnten auch die Diener der Göttin, denn ihre Schreie hatten einen Unterton der sich anbahnenden Todesangst bekommen. Ich war derjenige, der den Frevel begangen und der Göttin ein Opfer entrissen hatte. Dafür mußten alle büßen, denn sie wollte die Kollektivstrafe für diese Tat einführen.

Auf die Männer brauchte ich nicht mehr zu achten. Durch die Reaktion der Göttin war ihnen der Mut genommen worden. Erste wandten sich zur Flucht und verfluchten mich, ohne allerdings anzugreifen.

Jetzt stand ich gegen sie!

Mir kam der Vergleich mit der Mücke und dem Elefanten in den Sinn. Ich war die Mücke, Astarte der Elefant. In den kleinen Fabeln war es der Mücke oft genug gelungen, den Elefanten zu überlisten, ich jedoch sah noch keine Chance. Dafür vernahm ich ein mehr als gefährlich klingendes Donnern und Rumoren im tiefen Innern des Berges Anat. Dieses Geräusch warnte mich vor einem allzu großen Optimismus.

Was tun?

Diesmal kam mir der Bumerang mehr als lächerlich vor. Damit würde ich nichts erreichen können. Mit der rechten Handfläche fuhr ich außen an der Jacke entlang und spürte unter dem Stoff die Umrisse meines silbernen Kreuzes.

War das die Möglichkeit?

Hesekiel, ein alttestamentarischer Prophet, hatte es erschaffen, doch Astrates große Zeit war weit vor ihm gewesen, als das Land Kanaan besiedelt wurde.

Ich holte es trotzdem hervor und bemerkte gleichzeitig den Ruck, der die mächtige Gestalt durchlief.

Sie wollte gehen.

Mir stockte der Atem, als an der Flanke des Berges sich das erste Gestein durch den Druck löste. Gewaltige Brocken lösten sich und rollten talwärts. Sie schlugen noch nicht in meiner unmittelbaren Nähe ein, für mich jedoch war es nicht mehr als eine Frage der Zeit, wann sie mich erwischen und unter sich begraben würde.

Und da kam er!

Als Retter in der Not, als großer Helfer; ich sah in diesem Augenblick eigentlich alles in ihm. Hinter der gewaltigen Göttin quoll eine riesige schwarze Wolke in die Höhe und breitete sich in Sekundenschnelle lautlos aus.

Der Spuk war da!

Braut und Bräutigam. Dieser irre Vergleich schoß mir durch den Kopf und ließ mich erstarren.

Freund oder Feinde!

Mir hatte der Spuk erklärt, daß die ganz alten Zeiten vorbei waren. Hoffentlich hielt er sein Versprechen auch ein, denn ganz sicher war ich mir da nicht.

Astarte, die sich wieder hatte vorschieben wollen, zögerte. Sie mußte bemerkt haben, was sich hinter ihrem Rücken anbahnte, und wie ein schwerer Klotz drehte sie sich um.

Sie stand noch immer innerhalb des Berges wie in einem engen Gefängnis, und ihre Drehung mußte einfach dafür sorgen, daß sich weitere Gesteinsbrocken lösten. Dann hob sie einen Arm, und sie rammte ihn in die dunkle Wolke hinein, als wollte sie den Spuk damit erschlagen.

Er lachte nur.

Es war ein Lachen wie Donnerhall und wie ich es kannte. Furchtbar und schlimm hallte es über das flache Land und verklang irgendwo in der finsteren Nacht.

Für mich war es eine Sensation, ihnen zuschauen zu können, denn der Spuk breitete sich weiter aus. Er selbst war sein Reich und praktisch grenzenlos, dagegen kam auch Astarte nicht an.

Ich entspannte mich wieder. Zwar war die Sache nicht gelaufen, aber der Spuk würde sie vernichten, er würde sie wieder zurückdrücken oder den gesamten Berg von der unheilvollen Magie befreien.

Ich irrte mich, denn plötzlich geschah etwas, was ich noch nie erlebt und mir bisher auch nicht vorgestellt hatte. Aus den Augen der Himmelsgöttin drangen vier gewaltige, helle, schillernde und explodierende Strahlen, die wie breite Messer in die Schwärze hineinschnitten und sie tatsächlich aufrissen.

Unwillkürlich löste sich ein Schrei von meinen Lippen. Sie war so stark, daß sie selbst dem Spuk widerstand und seinen Schatten vertreiben konnte.

Aber keine Leere sah ich in diesen beiden Lichtlanzen, sondern eine grünlich, schillernde, echsenhafte Masse, den Teil eines gewaltigen Schuppenkörpers.

Mir blieb der Atem weg. Wenn sie so weitermachte, würde sie das Reich des Spuks zerstören und ihm statt dessen wieder eine seine früheren Gestalten zurückgeben.

Das hätte ins Chaos führen können. Damit wäre viel auf den Kopf gestellt worden und hätte andere Dämonen erlaubt, sich wieder freier zu bewegen. Dann wäre auch das Gleichgewicht innerhalb der magischen Welten zerstört gewesen, und das durfte nicht sein.

Wie konnte ich dem Spuk helfen, der verzweifelt um seine Existenz kämpfte und einsehen mußte, daß seine Chancen immer mehr zusammenschmolzen, denn die mächtige Göttin fing es geschickt an, als sie sich auf der Stelle drehte.

Dadurch bekamen die aus den Augen stechenden Strahlen eine andere Richtung und schafften es, weiterhin große Teile aus der Schwärze herauszureißen.

Sah so das Ende des Spuks aus?

Ich schaute auf mein Kreuz. Es war mehr ein verzweifelter Blick, aber er lohnte sich.

Mein Talisman ›lebte‹ plötzlich!

An seinen vier Enden waren die Zeichen der vier Erzengel eingraviert worden.

Michael, Grabriel, Raphael und Uriel!

Sie waren es, die für eine konstante Macht sorgten, und sie hatten mir des öfteren in früheren Zeiten bewiesen, daß sie nicht so weit entfernt waren, wie es eigentlich schien.

Die Buchstaben flackerten auf. Sie waren von einer gewissen Unruhe erfüllt, und die Unruhe spürte ich auch in meinem Hirn, wobei ich das Gefühl hatte, vom Boden abzuheben.

Sie müssen es entscheiden, John Sinclair, nur sie. Vertraue ihnen, du kannst nichts tun.

Es war der Seher!

Mein Gott, wie lange hatte er sich nicht mehr bei mir gemeldet. Diese geheimnisvolle Person, die aus Salomo, Nostradamus und auch aus mir bestand.

Ein Wesen, das unerklärbar war, das jedoch mir, dem Sohn des Lichts, als Wächter mit auf den Weg gegeben worden war.

Der Seher griff ein.

Seine gedankliche Stimme hörte ich nicht mehr. Ich konnte trotzdem erkennen, daß er indirekt seine Kräfte mit ins Spiel gebracht hatte und sich nun auf die vier Erzengel konzentrierte.

Mein Kreuz, so klein es auch sein mochte, entwikkelte sich plötzlich zu einem Riesen.

Von den Enden jagten vier Strahlen weg, die an Breite zunahmen, je näher sie dem Ziel kamen. Lichtwege, auf denen niemand laufen konnte, es sei denn, diese Wesen waren Geister.

Und sie entstanden!

Vier lichtdurchflutete Wesen, Gestalten, die niemand erklären konnte, für die man jedoch den Namen Engel erfunden hatte, was aus dem Griechischen angelos stammte und Bote hieß. Im christlichen Glauben Mittelwesen zwischen Gott und Mensch, was auch immer, ich jedenfalls wußte, daß sie erschienen waren, um mir zu helfen.

Ein überirdisches Leuchten umgab ihre Gestalt. Nicht zu vergleichen mit dem Licht der gefährlichen

Himmelsgöttin und auch nicht mit dem der Strahlen, die aus den Augen des Wesens drangen, denn die wurden von ihnen zerstört.

Kaum waren sie erschienen, da zog sich der Spuk zurück. Er wußte genau, daß er hier am falschen Ort stand, denn dies Wesen gehörte nicht zu seinen Freunden.

Zurück blieben Astarte und sie!

Die Göttin stand noch immer hochaufgerichtet. Sie wußte nicht, wohin sie zuerst schauen sollte, denn die vier Erzengel kreisten sie von vier Seiten ein.

Ihr Licht tat mir gut, aber auf das Böse wirkte es zerstörend. Ich konnte nicht sagen, wie sie es geschafft hatten, vielleicht auch durch die Kraft des Kreuzes, auf dessen Strahlen sie ja standen, aber sie schafften es, daß Astrate keine Chance mehr gegen sie hatte.

Ihr Kopf drehte sich.

Nicht normal, nein, da waren bereits andere Kräfte am Werk, die den Schädel zur Rotation brachten, so daß er um seine eigene Achse wirbelte.

Zunächst normal langsam, so daß ich es mit den Blikken verfolgen konnte. Dann aber schneller und schneller, er wurde zu einem Kreisel, der ebenfalls nicht lange blieb und sich in eine Wolke aus Staub verwandelte.So läutete die Kraft der vier Erzengel das Ende der heidnischen Himmelgöttin Astarte ein.

Ob ihr Geist, das Böse an sich, in ihr ebenfalls zerstört worden war, konnte ich nicht sagen, aber der Körper verwandelte sich ebenfalls in ein Sternenpulver, das noch einen Moment über dem Krater schwebte, bevor es endgültig verschwand.

Ich atmete tief durch, schaute auf mein Kreuz, in die Höhe, wieder gegen das Kreuz und sah nur meinen Talisman.

Die vier Erzengel waren verschwunden und wieder eingetaucht in ein geheimnisvolles Reich, das ich nicht kannte, das aber glücklicherweise existierte.

»Danke«, flüsterte ich und meinte mein Kreuz . . .

Über uns lag der Himmel wieder klar wie in den vergangenen Tagen. Ich hatte den schwerverletzten Brett Hawkins zum Wagen geschleppt und ihn auf Decken gebettet. Was alles gebrochen war, konnte ich nicht sagen. Jedenfalls war es der rechte Arm. Hawkins hatte auch was an den Beinen, und bei jedem geringsten Atemzug verzerrte sich sein Gesicht.

»Verdammt, Sinclair, du hättest mich sterben lassen sollen. Das wäre besser gewesen.«

»Keine Sorge, ich bringe dich durch. In der Stadt wird es wohl Ärzte geben.«

»Die sind mies.«

»Wir werden sehen.«

»Was ist denn mit ihr?«

»Du meinst Astarte?«

»Wen sonst?«

»Vergiß sie. Jeder kann jetzt den Tunnel betreten, ohne Gefahr zu laufen, eines schrecklichen Todes zu sterben.«

»Du warst doch zuvor darin?«

»Stimmt, aber ich hatte mein Kreuz, das schützte mich vor ihrer Magie.«

»Ich begreife das alles nicht.«

»Brauchst du auch nicht, Brett. Wir werden jedenfalls so schnell wie möglich von hier verschwinden.«

Ich ließ ihn allein und ging zum Führerhaus. Bevor ich es betrat, warf ich noch einen Blick dorthin, wo sich das Bergmassiv unter dem Himmel abmalte.

Es sah nicht mehr so aus wie noch vor Stunden. Ein Berg, der höchste, hatte seine Spitze verloren.

Mochte darüber rätseln und nachdenken, wer wollte. Von mir würde er keine Antwort bekommen.

Ich fuhr durch den Ort, sah die Männer und schaute sie nicht einmal an. Sie sollten mit ihren Problemen allein zurechtkommen. Vielleicht sahen sie ja mittlerweile ein, daß sie den falschen Weg gegangen waren. Aber das war nicht mein Problem . . .

ENDE

Band 73 124

Jason Dark

Atlantis in London

Originalausgabe

Sie hieß Julia, war von Beruf Kindermädchen und mordbesessen! Wir konnten ihren Amoklauf rechtzeitig stoppen, aber das war erst der Beginn. Wir erlebten daraufhin Atlantis von seiner schrecklichsten Seite, und wir lernten den grausamen Götterboten Hermes kennen, der einen Teil des Kontinents nach London gebracht hatte.
Er war längst nicht so schlimm wie die anderen elf Kindermädchen, die bereit waren, ihre ihnen anvertrauten Schützlinge für Hermes und Atlantis zu opfern . . .

BASTEI
LÜBBE